Pleasures of the Garden

花园的欢沁

经典文学选集

[英国] 克里斯汀娜 · 哈德曼特　编
刘云雁　颜益鸣　译

译林出版社

目录

Chapter 4　身体与灵魂的慰藉

引　言

自有口述历史以来就不乏关于园林的记载，或记录园林的建造，或描绘游园之乐。古埃及、巴比伦和古中国，上自君王圣贤，下至平民百姓，无不对园林珍爱有加。《圣经》上说，伊甸园是人类最初的家园，更有提姆·斯密特在英国康沃尔郡的老陶土场建起了宏伟的“伊甸乐园”，与天堂乐土遥相呼应。

富人躲进花园，隔绝外世；穷人和精打细算的人们依靠花园补贴生计。草药园是医药的摇篮，伊丽莎白时代的医生约翰·杰拉德写下了第一本药草巨著《草药集》。上百年来，花园安慰了多少伤感的心灵。公元4世纪，中国官员饮酒赏菊，感慨“鸟倦飞而知还”。16世纪，一位英国牧师写道：“我们的感官在花园里遨游，带来无尽的欢愉。”第三任美国总统托马斯·杰斐逊也道：“对我来说，没有哪份工作比侍弄土地更开心，尤其是培育花园。”

第一部讲述园艺的印刷书是托马斯·希尔的《花园养成记》(1558年)，但他并非第一位园艺作家。公元1世纪，小普林尼在一封长信中描绘了自家意大利别墅周围精美绝伦的花园；瓦拉福里德·史特拉伯在《豪特斯花园》(《小花园》) 中为9世纪的草药园布局建言献策；不知名的法国作家在《玫瑰传奇》中勾勒了13世纪人们心中的天堂，情人们在此流连忘返。

本文集分为四个主题。第一个是爱的主题，不仅描述了约翰·杰拉德和威廉·劳森牧师等园艺家，弗朗西斯·培根爵士等政治家，以及简·奥斯汀和玛丽·拉塞尔·米特福德等小说家对花园的爱，还包括了托马斯·马洛礼、约翰·多恩、夏洛蒂·勃朗特和威廉·巴特勒·叶芝等作家笔下爱的想象与现实、失去与所得。

第二个主题是园林设计。早在有历史记载之前就有了园林设计，古巴比伦空中花园美轮美奂；莱切斯特伯爵在肯尼沃斯城堡为女王伊丽莎白一世打造的私家园林精致绝伦；亚历山大·蒲柏嘲讽园林设计过度雕琢修剪，反倒推崇粗糙的岩洞，热爱18世纪优雅的自然景观；威廉·莫里斯抨击维多利亚时期流行的“地毯式草坪花园”；格特鲁德·杰基尔大发奇思，要建造一座四季常香的花园。

第三个主题是园林设计的实用信息。以中国古诗开篇，描述了粪车和喷壶的用法；约翰·伊夫林讲述如何连根修剪橘树，为室内植物翻土；托马斯·杰斐逊每天坚持记录植物的生长，或是向喜爱植物的朋友索要稀有植株；诗人威廉·柯珀以优美的文字力荐种黄瓜的粪肥秘方。文集还向许多职业园艺家致敬，例如埃迪格庄园的“梨树培育者”詹姆斯·菲利普斯、罗伯特·路易斯·斯蒂文森笔下孤傲的花匠罗伯特（“一个堂吉诃德式的人物”）及19世纪90年代在邱园里劳作的灯笼裤女工。

文集最后探讨了园林对灵魂的慰藉。班扬在花园里学会了耐心，伏尔泰在花园里领悟知足的哲学，心灰意冷的瓦工在花园里回想年轻时未兑现的誓言，主教在花园里学会了直面死神的泰然，斯温伯恩在荒芜的花园里哀痛凋零的玫瑰和逝去的爱情，弗朗西斯·霍奇森·伯内特却在花园里找到了未来的希望，D. H. 劳伦斯惊叹上帝“绞尽脑汁”创造的红色天竺葵美得不可方物。尾章描述了我编著这本文集的状态，那时我坐在花园里研习书籍，以花园为图书馆，其乐无穷。

Chapter 1

至爱花园与花园中的挚爱

从古至今，人人都爱花园，爱它带来的欢乐，爱它的浪漫情怀，哲学家、自然学家、诗人和小说家无不赞美花园。

人间天堂

神说，让种子撒向大地，让土地萌发新芽，让植物开枝散叶，让果树开花结果，各从其类。

耶和华神在遥远的东方建了一座伊甸园，供所造之人安身立命。耶和华神令树木拔地而起，其形赏心悦目，其味可口怡人；园子的中央，立着一棵生命之树和一棵辨善恶之树。

《圣经·创世记》第一、二章

世界上最古老的地方就在天堂和伊甸园。大地的果实自乘古老，都说自己的母亲是大地第一次孕育，都说它们是世间最初的果实。论至幸与极乐，哪里能比得上伊甸园，亚当也在园子里醉心药草。对于诗人们来说，如果没有阿尔契努斯果园，没有阿多尼斯花园，没有金苹果园，哪里还能找到纯真的欢乐？如果没有极乐花园，他们如何想象天堂的模样？如果没有大地缤纷、美色撩人，男人们何处追寻内心真实的渴望？可还有比春天更值得期待的季节，温柔的气息使百花倾心，散发迷人芬芳？俯观植物如此恬淡，谁还会仓皇仰望宇外？

约翰·杰拉德，《草药集》，1597 年

归去来兮辞

4 世纪的中国诗人陶渊明放弃官职，远离朝堂纷争，归隐田园，做一个农夫，自给自足，自号“五柳先生”。

归去来兮，

田园将芜胡不归？

既自以心为形役，奚惆怅而独悲？

悟已往之不谏，

知来者之可追。

实迷途其未远，

觉今是而昨非。

舟遥遥以轻飏，

风飘飘而吹衣。

问征夫以前路，恨晨光之熹微。

乃瞻衡宇，载欣载奔。

僮仆欢迎，

稚子候门。

三径就荒，

松菊犹存。

携幼入室，有酒盈樽。

引壶觞以自酌，眄庭柯以怡颜。

倚南窗以寄傲，

审容膝之易安。

园日涉以成趣，门虽设而常关。

策扶老以流憩，

时矫首而遐观。

云无心以出岫，

鸟倦飞而知还。

景翳翳以将入，抚孤松而盘桓。

归去来兮！请息交以绝游。

世与我而相违，复驾言兮焉求？

悦亲戚之情话，

乐琴书以消忧。

农人告余以春及，

将有事于西畴。

或命巾车，或棹孤舟。

既窈窕以寻壑，亦崎岖而经丘。

木欣欣以向荣，

泉涓涓而始流。

善万物之得时，

感吾生之行休。

已矣乎！

寓形宇内复几时，

曷不委心任去留，

胡为乎遑遑欲何之？

富贵非吾愿，帝乡不可期。

怀良辰以孤往，

或植杖而耘耔。

登东皋以舒啸，临清流而赋诗。

聊乘化以归尽，

乐夫天命复奚疑！

采菊东篱下，悠然见南山。

山气日夕佳，飞鸟相与还。

此中有真意，欲辨已忘言。

鲜艳的绿

13 世纪《玫瑰传奇》的作者定然是一位花园爱好者，他动情地描绘了欢乐女神在神奇花园里创造的动植物。原文是法语，本书编者哈德曼特通过改编两份早期英文译本形成了目前的版本。

花园长宽相当，

边角四四方方；

水果挂满枝头……

樱桃、温桲和梨子，

下面龇着嫩嫩的牙，

棕枸杞，黑布林，青李子，

红苹果，褐板栗，粉桃子，

我最喜欢的是

粒粒饱满的大石榴，

水果长得真漂亮，

就算病人也喜欢，

果树长得真茂盛，

坚果能收一箩筐，

巴旦木多得没法数，

还有无花果和枣树……

多种香料味道好，

餐桌上可少不了：

豆蔻、甘草和丁香，

肉桂、茴香和生姜。

高高的月桂和松树，

橄榄和苍柏有几株。

榆树长得高又壮，

枫梣橡桦和山杨，

白杨、菩提和紫杉，

其他树木各成双……

到处都是小松鼠，

Assez y fery et
hurtay.
Et maintesfois
je escoutay
Se je orroye leans nulle ame
Le guichet qui estoit de charme
Me ouvrit une pucellette
Qui assez estoit gente et nette
Cheveulx eut blons cōe ung bassi
La char plus tendre que ung poussin
Front reluisant sourcilz voultis
Lentreoeil si nestoit pas petis
Ains fut assez grans par mesure
Le nez eut bien fait a droiture
Les yeulx eut vers comme faulcons
Pour faire envie a tous homs
Doulce alaine eut et savouree
La face blanche et coulouree
La bouche petite et grossette
Et au menton une fossette

枝头跳来又跳去。

小兔也在满园跑，

毛色姿态各不同，

新鲜的草地上蹦蹦跳，

此起彼伏比谁跳得高。

林中空地泉水清；

青蛙蝾螈绕道行，

躲到叶下享阴凉，

任蛙声轻唱。

细细的溪流在欢笑，

低吟是微微的波澜。

草地绿得多么鲜艳，

高低起伏厚厚绵延。

比天鹅绒更柔软，

他将情人放倒在草地，

如同在鹅毛被上嬉戏……

这片土地鲜花盛开，

无论秋冬与春夏。

紫罗兰的色泽与芬芳，

长春花如蓝星闪闪，

金凤擦亮了花杯，

白雏菊泛着粉色的花边。

最美不过土地，

任人们淡妆浓抹，

涂画新鲜的花朵，

弥散芬芳脉脉。

天堂的气息

波斯诗人似乎对花园情有独钟，吟诗作赋时手里总是握着一只精致的玻璃杯，盛满设拉子葡萄酿成的好酒。设拉子的哈菲兹是14世纪波斯极负盛名的大诗人，他之于波斯正如但丁之于意大利，莎士比亚之于英国。诗人的灵柩安放在一座精美的花园中，慕名者纷至沓来，站在墓前，手扶棺木，大声吟诵他的诗文。而这种场景诗人早已在《花园》一诗中预见到了。

今天，花园里吹来了天堂的气息，

吹向我，性情中的朋友，吹向这杯酒，

今天，一个乞丐也能自诩国王，

麦田是他的宝座，云下的阴凉就是王帐。

五月的草地编织着春天的童话；

严肃的人也会忘记未来，活在当下。

你当真相信敌人会说实话？

隐者的烛火熄灭在尘世的教堂。

میان غرب و جنوب باغ حوض ده در دهی است اطراف و تمام
درختهای نارنج است درختهای انار هم هست گرداگرد حوض تمام
سه برگه زار است جای عین باغ همینست در وقت زرد شدن
نارنجها بسیار خوب می نماید خیلی باغ خوبی طرح شده و طرف

秘酒浇灌，让灵魂变得坚强，

我们化为尘土，腐朽的世界又将尘土碾落成砖。

人生是一本黑色的书。请别过分苛责。

没人能看到自己前额上的文字。

哈菲兹的棺椁经过时，请不妨追随。

他虽困于罪孽，但正走向花园。

花 香

弗朗西斯·培根爵士是一名科学家、哲学家和法学家，17 世纪前二十年作为英格兰司法部长和上议院大法官步入政坛。1601 年，他继承了哈特福郡的高韩伯利别墅，建了几个精美的水景园，其中维鲁拉姆大院特别有名，建有画廊、餐厅、卧室和图书馆。1621 年，他欠债后被迫退休，饱受侮辱，只好回到高韩伯利，心里最大的慰藉就是维鲁拉姆大院和附近的花园。他在那里修改了著名的《培根随笔》，首次发表于 1597 年，至今仍在发售。《论花园》是其中最受人喜爱的一篇，以下节选的是第一部分。

创世之初，上帝首先造了一座花园，那是人间最纯粹的欢乐，是人类心灵最大的满足。如果没有花园，一切亭台楼阁不过是粗糙的手工艺品。随着时代和文明的发展，人类的生活越来越精致，学会了建造宏伟的屋舍，然后开始修筑精美的花园，似乎那才是完美的追求。

我想，花园应当蔚然有序，四季常新，每月都有美好的植物在盛放。十一月底到次年一月正逢冬季，适合常绿的植物，例如冬青、常春藤、月桂、杜松、柏树、紫杉、棕榈树、冷杉、迷迭香、薰衣草、长春花（白色、紫色、蓝色的都有）、石蚕、菖蒲、橘树、柠檬树、桃金娘（火炉保温）、马郁兰（种在向阳处）。一月底至二月登场的是怒放的樱花、黄番红、白番红、报春花、银莲花、早开的郁金香、葡萄风信子、小鸢尾和贝母。三月紫罗兰开得早，尤其是单瓣的蓝花；黄水仙、雏菊、扁桃树、桃树、红玉髓和野玫瑰争相绽放。四月盛开着复瓣白色紫罗兰、桂竹香、紫罗兰、野樱草、鸢尾花、各种百合花、迷迭香、郁金香、双瓣牡丹、白水仙、法国金银花、樱桃树、西洋李树、李树、带叶的白刺木、紫丁香。五月和六月开着各种石竹，尤其是长苞石竹，还有各类玫瑰（开得稍迟的麝香蔷薇不在其中）、金银花、草莓、牛舌草、耧斗菜、法国万寿菊、非洲万寿菊、长满樱桃的樱桃树、醋栗、果实丰硕的无花果树、蔗莓、葡萄花、薰衣草、白花香兰、百合草、铃草和开花的苹果树。七月是各种紫罗兰、麝香蔷薇、开花菩提、早熟的梨子和结果的李子、林檎和尖头苹果。八月间，各种李子、梨、杏、伏牛花、榛子、甜瓜和各色附子花都开始结果。九月结着葡萄、苹果、各色罂粟、桃、水蜜桃、油桃、红玉髓、冬梨和柑橘。十月和十一月初则有欧楂、枸杞、西洋李子、插枝或移栽后晚开的玫瑰、蜀葵等。这是根据伦敦的气候来谈的，其他地方以此类推，定能四季常新。

花香在空气中飘散（如乐曲婉转回旋），比握在手里更加浓郁。了解植物的清香真是无上的乐趣。粉色和红色玫瑰的香味飘散得最快，人们从花丛中经过却不曾嗅到花香，晨露中亦闻不到味道。月桂同样无香，迷迭香的香味不浓，马郁兰还是无香。香味最浓的是紫罗兰，尤其是复瓣白色紫罗兰，一年开两次，分别在四月中旬和八月底。其次是麝香蔷薇；即将凋零的草莓叶，香味也还不错；然后是葡萄花，花朵特别小，像灯芯草的花粉，一簇簇聚集在初生的葡萄藤上；接着是野蔷薇；桂竹香最好种在门廊或卧室的矮窗下；还有香石竹和康乃馨，尤其是花坛石竹和丁香石竹；菩提树的花也不错；金银花香远益清。我没有提起豆荚花，田野小花何足一提。还有三种花特别宜人，不像其他花儿那样侧身而过就可以闻到芬芳——地榆、百里香和水薄荷需要踩踏、揉碎才能散发出迷人的滋味，不妨种满小径，散步或踩过时平添情趣。

夜莺

威廉·劳森是约克郡奥姆斯比教区的一名牧师，1635年去世。他是一位热忱的园艺家，1618年发表了《新花果园》一书，被誉为“园艺界的牛顿”。当时的人们在园子里混种花果和灌木，而这本书却单论花园和果园的培育，具有划时代的意义。

停下来歇会儿吧，回望果园，看看一天的劳动成果，其间的乐趣难以言喻，就像蜡烛无法照亮太阳，人类无法数清星辰……这乐趣不该羞愧，只因上帝不仅赐予人类一切生息，还允许我们在诚实的劳动中感受舒畅、喜悦和享受。若非如此，阳光下的一切辛劳不过自寻烦恼；若非喜悦，一切贪婪的所得不过自我奴役。心怀满足，品尝喜悦，是一切美好的源泉，是天堂最初的模样。惬意地品尝小面包，远胜不安地大嚼肥牛。

最美莫过于在花果园里劳作。绿树遍地、草药满园，身在花园与果园，满心只余欢欣，这如何不是天堂？

其他的快乐单单满足一种感官，只有花园才能让所有感官沉浸在极乐之中，每一种滋味各不相同，每一种享受都大有裨益……目之所及，耳之所闻，口鼻之享，还有什么滋味无法在丰沛的果园中得到满足？那里花香四溢，斑斓的色彩装点着绿意绵延的大地母亲……每一次呼吸、每一种心绪都沾染了馨香。

花园里种满了玫瑰，红玫瑰、粉玫瑰、紫玫瑰、复瓣玫瑰、重

IV.
Rosa provincialis flore albo.
III.
Rosa Milesia flore rubro pleno.
II.
Rosa alba flore simplici.
I.
Rosa flore albo pleno.

瓣玫瑰、单复瓣甜香玫瑰、单复瓣白玫瑰。除了玫瑰之外还有芬芳美丽的单复瓣忍冬，迷迭香、野蔷薇和忍冬在门前窗下添香……野樱草有紫色复瓣；樱草既有单瓣，也有复瓣；紫罗兰香气氤氲……千株万棵，令人无限满足。

花儿整整齐齐地排列在花垄或花田中，各色芬芳交相辉映，令人不禁感叹，园林的艺术能将自然变得多美？走道又宽又长，开开合合，仿佛通向古代塞萨利神殿的园林；走道上的座椅和围栏缠绕着小小的甘菊花，同样赏心悦目，令人心旷神怡。

看吧，你亲手栽种的果树开满了芬芳的花朵，结出色形各异、滋味不同的果实；无论从哪个角度望去，你的树总是挺拔地站在那里。

垄上挂着、垂着漂亮的绯浆果、覆盆子、伏牛花和红醋栗；你的树下撒着各色草莓，有红的，有白的，还有青色的，多开心啊！聪明的园丁会将小树装扮成蓄势待发的士兵，或扎成飞跑的猎犬……还可以设计一道与人等高的树篱迷宫，笑看摘浆果的朋友困在其中，等待你的救援。果园里也能做运动，例如建一个保龄球场或者靶场（据说更男子气，更健康），有空不妨舒展筋骨。

果园里若有三两条沟渠，一定要好好利用，强烈建议设计一条小河穿过果园，或者绕园而过。小河里泛着银色的波光，你可以坐在椅子上钓钓鱼，看满身斑点的鳟鱼、轻浮的鳗鱼或其他什么鲜美的鱼儿乖乖上钩；此外还可以挖一条壕沟，划着小船撒网捞鱼。

用杉木板搭一个干燥温暖的蜂房，蜜蜂就会哼着歌，在你的花草上飞飞停停，传粉采蜜，多么美妙的音乐，多么温馨的景象。和其他的物种相比，蜜蜂最洁净，也最天真，一生都在园中相爱，在园中生长，在园中繁衍……别怕蜂刺，蜜蜂从不伤害认识的人，而且总是能认出花园的主人和朋友……有的人会在花园或者果园的石墙上为蜜蜂搭个座椅，这个想法很好，但是搭在木头上就更好了。葡萄藤在座椅上方洒下阴凉，错落有致，藤上的葡萄和我们一起慢慢成熟。

果园中不可错失的亮点是一窝夜莺。夜莺婉转鸣啼，娇小的身体唱出饱满的喜悦，伴你度过人生的日日夜夜。夜莺为你清扫树上的毛虫、飞虫和其他害虫。红胸知更鸟也来帮忙，严冬亦穿行在寒风暴雨中。傻傻的鷦鹩夏天闹得欢腾，独特的哨音（类似长笛的声音）令人精神振奋。乌鸟和画眉在五月的早晨高歌，歌声多么清亮。也许你忙着采摘成熟的樱桃和浆果，并不在乎鸟儿的歌唱；但比起果实，我更想要它们的陪伴。

人们总是历经岁月之后才懂得花园和果园的乐趣，活着可以看到劳动的回馈，离世时还能传给子孙后代。多少年之后，小小的园林始终记录着，你对这片故土爱得深沉。

天真的快乐

约瑟夫·艾迪生是《旁观者》杂志创办者之一（与理查德·斯蒂尔共同创刊），政治上是辉格党党员，他的剧作《卡托》赞美罗马的自由和共和，在美国独立战争之前广受欢迎。艾迪生钟爱园林设计，精心建造了比尔顿庄园里的沃里克花园，1711 年之后长居于此，直到 1719 年去世。

花园能带来最天真的快乐。伊甸园是人类堕落之前第一任双亲的居所，抚平一切烦恼，心灵归于宁静。那里可以洞悉上帝的心思，汲取神性的智慧，找到无数冥想的对象。这天然的杰作，曾给人们带来多少快乐与满足，即使无法沾染心灵，也弥足珍贵。

世间有多少种诗歌，就有多少种花园。打理花坛和花圃的人堪比善作讽刺诗和十四行诗的诗人；打造凉亭、岩穴、葡萄架和瀑布的人是浪漫主义诗人；亨利·怀斯和乔治·伦敦用园林吟唱着英雄史诗……

至于我自己，从这篇《自述》就可以看出，我的园林充满了古希腊抒情诗人品达的风格，心灵奔向荒原而不失艺术的雅致……我常常想，和我一样长居花园的人们为什么不造一所冬景园，那里苗木常青，从不落叶。十二月是一年中最难熬的日子，阳光稀少，天气总是不好。十一月和一月倒有一些好日子，和温暖的月份一样令人愉悦。

没有什么比在冬景园里散步更快活的事了。夏季鲜花盛放，天地间就是一个大花园，美景随处可见，我们反倒变得麻木。直到自然陷入死寂，周遭荒凉而贫瘠，在这阴郁的季节里，突然间看到寒风中一小片绿树葱茏，仿佛回到了最灿烂的时光。

这个想法我酝酿了很久，终于清出一英亩土地，打算建造冬景园。墙上爬满了常春藤，而不是容易凋落的葡萄藤。月桂、角树、冬青之类常青的植物，密密地种在小花园里，呈现出令人难以想象的鲜活盛况。火红的浆果在树梢闪亮，与绿叶争辉，心里涌起春天的愉悦。鸟儿也藏身于小小的绿岛，在枝叶间嬉戏。除此地之外，冬天的大花园几无片叶供鸟儿们容身。

静美丁香

威廉·柯珀是18世纪晚期最受欢迎的诗人之一。他的书信和马拉松式的叙事长诗《任务》歌颂了归隐田园、享受家庭生活和园林艺术的乐趣。本文是他1784年写给约翰·牛顿牧师的一封信。

我们快要离开的时候，才发现这个温室多么惬意。秋日一片宁静，阳光轻柔，比夏天舒适得多。起风了，不妨开窗透气，让温室降降温。门窗大开着，我坐在其中，尽享每一缕花香。温室花园里种满了花，我熟悉各种花该如何栽种。这里没养蜜蜂，如果放上蜂箱反而无法听到更多的音乐。附近的蜜蜂全都飞到了窗户对面的木樨草上，为我送来蜂蜜，也带来了迷人的嗡鸣，曲调单一而悦耳，丝毫不逊于朱顶雀的鸣叫。自然的声音多么令人愉悦，乡间此地尤然。

本诗原名《午间漫步》，是《任务》中最美的诗篇，从冬天的枯枝想到夏日的童话。

这光秃的枝干，

如长矛般荒凉，

寒风吹过，奏响冬天的乐章，
何时才能重披雍容的绿叶，
何时舒展身姿，抖擞精神，
骄傲地重焕荣光……金链花
流金溢彩；白丁香如象牙般纯洁；
玫瑰花清新淡雅或浓郁芬芳；
这一株红艳艳地静静开放；
那一株高高生长在幽暗的柏树下，
或更加阴郁的紫杉旁，
银色的树冠如海面的泡沫般轻盈，
任大风斩断了波浪。
各色的丁香排成行，
一簇红、一簇白，
美丽的花冠缀着紫色的三角钉，
如陈列的饰物，
挑不出最美的颜色，只能留下全部；

遍地的金银花苍白而憔悴，

迟迟早早地开放，散发着无尽的香味，

弥补了黯淡的容颜；

金丝桃盛开如细密密的萤虫，

裹满修长的枝条，

唯恐显露一片嫩叶……

鲜黄的金雀花

如镀上了不掺杂质的纯金；

茉莉花开得最盛，清香四溢，

墨绿色的叶片无须粉饰，

反而更加醒目，愈显皎洁的

是散落叶间的星辰。

金链花

简·奥斯汀热爱柯珀的诗文，也热爱花园（只是很少亲自除草施肥）。她在写给姐姐卡桑德拉的信里，对她们在南安普敦新房子里的花园赞口不绝。

1807年2月8日

给我们打理花园的人性格极好，面色温和，也不像前一个园丁那么多话。他告诉我们，碎石路边的灌木丛里只有野蔷薇和玫瑰，玫瑰品种一般。我们想种些更好的品种，他禁不住恳求，送来了一些丁香。柯珀的诗里可不能没有丁香，还有金链花。园丁收拾出花坛边的空地栽种红醋栗和灯笼果，还给覆盆子腾了块地方……很多人都羡慕我们有镇上最好的花园。

简·奥斯汀最爱汉普郡小房子里的查顿花园，1809年开始便住在那里，直至1817年去世，享年仅四十一岁。查顿及其花园如今是简·奥斯汀学会所在地，早已复原成奥斯汀一家居住时的样子。简的侄子詹姆斯·利—奥斯汀对那里非常熟悉，还在关于这位姨母的回忆录里描述了花园的样子。

温彻斯特大街环绕着小小的花园，高高的木篱笆和鹅耳枥的树篱将大街拦在园外。沿着围墙的两排大树夹成花园小道，给女士们留下了充足的休闲空间。篱墙、碎石路、果园、青草长长亟待修剪的草坪，还有三两个小小的庭院错落地交织在一起，饶有趣味。这里和其他牧师家的房子没什么两样……亲戚们经常来做客，家具陈设得当，里里外外都维护得不错，虽然规模不大，也能看得出一位女士的精心布置。

1809年，奥斯汀一家搬到了查顿，那时简写给卡桑德拉的信主要是家庭琐事和园艺。

1811年5月29日，周三

小鸡养得正肥，可以上桌了，但还是留到重要的时节再吃吧。花种大多长起来了，但你的木樨草看起来蔫蔫的。贝恩小姐的花种和她本人一样不走运，她分别找四个人要了许多种子，可惜一颗都没有开花。我们种在冷杉树下的芍药已经开了，看起来真美。灌木丛里耧斗花开得正盛，石竹和美洲石竹也即将开花，那时候整个花垄该多漂亮啊。

丁香快开了。我们可能会种一大片奥尔良李，西洋李少种点——没有具体的标准，大约四五十株，就种在墙边。这和我刚来时的打算不太一样，现在的计划应该比较合理了。

1811年5月31日，周五

你肯定想象不出，我们在果园里散步有多开心。一排椤树赏心悦目，花园里的小树篱长得飞快，也很不错；杏树上长出了第一颗果子；妈妈渐渐习惯了木栏杆，我觉得多围一段比较好……你的桑树还没死，但是估计养不活。

1811年6月6日，周四

我们周日去收豌豆了，收获很少，一点也不像《湖上夫人》里说的大丰收，不过很惊喜地找到了几颗成熟的红草莓；要是你待在家里，这种乐趣就没了。灯笼果比我最初预料的多，红醋栗却比较少，我们得买些醋栗酿酒了。

心之骄傲

玛丽·拉塞尔·米特福德最著名的家庭小说《我们的村庄》，含蓄地记录了她和父亲在雷丁附近的申斯通共同生活的故事。本文选自《圣灵节前夜》，描绘了家里的花园。1827 年 7 月，这篇文章发表在流行周刊《文学、娱乐、教诲之镜》上。

我的花园赏心悦目，令我心生骄傲。房屋不过是个鸟笼子，搁在架上，挂在树梢，哪里都好。然而温暖的时节，怎能安心闷在屋里，走出房门才能找到心乡——那里寂静得令人心欢。为了让读者们理解我的感受，不妨听我说说花园的模样。

想象一下屋舍的布局吧。远处是低矮错落的小房子；近旁一个大大的谷仓，和主屋之间隔着庭院；主屋另一边是一排木头柱子架起的茅屋，面向花园，长长地延伸，尽头的老墙和木栅圈起了花园的边界，栅栏之外是林木丰茂的远山。主屋、谷仓、老墙和栅栏上爬满了葡萄藤，还有樱桃树、玫瑰、金银花、茉莉花，间杂着一簇簇高高的蜀葵；一棵高大的接骨木俯瞰花园的小门，旁边是当地少见的月桂树，优美的圆锥形线条突破了建筑物构成的水平直线。这就是我的花园；长长的茅屋沿着花园形成一道朴素的拱廊，与花垄隔着盛开的天竺葵，那便是我们户外的画房。

没有什么比夏天午后在花园小坐更惬意的了。温暖的夕日光辉透过接骨木的树冠，明明灭灭地散落下来，照亮了欢快的花圃，花枝与花朵像荒草般茂密地生长，野性地盛开，相互交织、缠绕，织成环，围成圈，恣意纵情，找不到统一的风格。没有什么比在凉亭的阴凉中小坐更惬意的了。百花亮丽的颜色在西沉的阳光下尤为璀璨，不经意间看到的小鸟正在飞快地进出巢穴——我们的樱桃树、金银花和玫瑰如壁毯般厚厚地盖住了墙壁，总有几只鸟把窝做在上面。蝴蝶围绕着大丽花嬉戏；还有一种唤作蜂鸟的小家伙（乡村里的人们总能想出美好的名字），趁着一年中最热的时节，扑腾着翅膀也来享受花香，长长的吸管伸入茉莉的花心，或者盘旋在怒开的天竺葵上，深红色的花朵与鲜艳的羽毛交映成辉。属于天空的小精灵啊，从不疲倦，从不歇息；即使进食的时候，也悬在空中，无外力支撑，只有两只小翅膀不停地扇动，发出嗡嗡的声音，多么低沉，多么饱满，多么令人沉醉，多么富有乐感。

在鲜花绿叶间小坐，看蜂鸟忙忙碌碌，没有什么比这更惬意的了！还有什么比我的花园更美！像一幅画；可惜美画只宜远观，谁也不愿意在画框里散步。我的花园当然留有散步的位置——漂亮的说法是，光滑的砾石铺成的花间小道——可惜小道早已湮没在玫瑰、百合的花影重重之下，旋花、安心草、木樨草还有各种藤蔓植物爬满了花径。我们小心翼翼地穿行其间，忙着种花、除草、浇水，实在当不得散步的花间小道。没人造访我的花园，连五月都踮着脚尖，无痕而过，宛如轻点水面的天鹅；我们这些两脚的居民，置身花园宛如聚会于沙龙，待到夕阳西下时出来走走，仿佛不曾在外消磨了一整日。

所求甚少

园艺大师格特鲁德·杰基尔是爱德华时期艺术与工艺运动中的房屋花园的代言人。杰基尔建了四百多个花园，大多与埃德温·路特恩斯合力而为。她是一位富有才华的园林艺术家，与建筑大师约翰·罗斯金相熟。她还是一位绘画出身的园艺家，善用大块的色彩来表达英国水彩画大师约瑟·马洛德·威廉·透纳倡导的画中意境。杰基尔一生热爱植物和花园，但直到五十五岁左右才把园艺作为职业，那时她的视力急剧退化，不能再继续画家的职业生涯，而其他感官却变得愈发敏锐。

如果生活极尽简化，人的所求其实甚少！……我这一生，最值得做的一件事就是培养仔细观察的习惯，越爱观察，越有所发现，如此反复练习，直到观察的习惯成为生命的一部分，使我不经意间一直在批判地观察着这个复杂的世界。养成观察的好习惯，特别有助于园林培育，可以从浩瀚的花园或植物园里找到不熟识的植物，发现独特的优点，思考为什么与家里同一种属的植物不一样。在我看来，即使没有敏锐的目光，同样可以喜欢观察、懂得观察。以我为例，我的视力很糟糕，近视特别严重，而且一直在恶化（裸眼只能看清两英寸的距离）。即使如此，我仍然尽可能地利用我这微弱的视力观察周遭的一切，甚至还能发现不少视力强悍的人容易忽略的细节。

不知是不是补偿糟糕的视力，我的听觉非常敏锐。听到草丛落叶中的细微声响，就能判断是蛇还是蜥蜴，是老鼠还是一只小鸟。听到风吹过树叶的声音，就能大致判断那是什么树。春来秋往，风吹过不同季节的树叶，声音各不相同，秋叶质地干硬，区别非常明显。不同的树种，声音也不一样。风吹过桦树的声音细密、轻快又尖锐，叶片相互碰撞发出滴滴答答的声音，常常教我误以为在下雨；橡树叶的声音也很尖锐，但比起桦树叶音调稍低；微风中的栗树声音从容，像在缓缓滑行。轻风和煦，各种树木仿佛都发出愉悦的声响，唯独不喜白杨的噪声，太紧张，太躁动，令人不安。与之相反，欧洲赤松的低语远近听来都那么治愈人心，令人愉悦；最爱风中起舞的麦田，尤其是成熟的大麦，奏出低沉的乐章。牧草、芦苇和竹子在风里的声音听起来干巴巴的。大芦苇，学名芦竹，在微风中发出的噪声比在狂风里还多，因为大风将长缎带似的叶子直直地吹出去，叶子间的相互摩擦少了，声音反而变小了。难怪阿拉伯人说："芦竹在微风里低语，在暴风中沉寂。"

尽享一日欢愉

恋人们来到花园将会怎样？起初固然是夏娃引诱亚当，但我总觉得夏娃是个实际的人，不是什么浪漫的女子，亚当也不过是个妻管严的男人（而且是个告密者），反不如埃及的传说更有意思。约公元前1290年，古埃及第十九王朝的“花园故事”里描绘了花园里的一位魅惑女郎，这个埃及故事几乎和《圣经·创世记》一样古老。

她牵着我的手，走进了她的花园，与我互诉衷肠。她让我尝到了甘甜的蜂蜜，花园里灯芯草多么柔嫩，灌木丛正当茂盛，红醋栗和樱桃比红宝石还要鲜艳，熟透的桃子泛着黄铜色，树丛里的杏仁星星点点。我们坐在椰子树下，多么清凉而柔软，正适合恋人倚靠。

“过来呀，”她唤着我，“在我的小姑娘屋里尽享一日欢愉。今天的花园真漂亮；有丘谷，也有门廊。”

花园遗世而独立

本篇选自公元前1000年左右的《所罗门之歌》，是迄今为止最著名、最古老的描写花园爱情的篇章——我们至今仍然不知道这是所罗门所写，还是为他所写，也不知道这些激情洋溢的文字是为了庆祝完婚，还是上帝与以色列选民之间的立约。本选篇取自钦定版《圣经·旧约·雅歌》（1611年）中新娘与新郎的对话。

新娘：

我是平原玫瑰，是溪谷百合。我的爱在女子中，如百合生于荆棘；我的爱人在男子中，如苹果树生于树林。

我满心欢喜地坐在他的阴影之下，他的果实可口甘甜。他带我来到宴会厅，爱的旗帜席卷我身。

用酒壶留下我，用苹果宽慰我，我多么渴望爱情……

新郎：

我的妹子，我的伴侣，你是一座遗世独立的花园，是闭锁的春水，是尘封的源泉。

你的果树长满了果园，石榴佳果累累；樟树、甘松和红花；菖蒲和肉桂，每一棵都散发着乳香；还有没药、芦荟和各种香料：

你是园中的泉，活水的井，黎巴嫩流出的溪水。

新娘：

噢，北风，快醒来；南风，吹过来；吹进我的花园，香料的芳香随风散发。让我的爱人走进自己的花园，含食他的佳果……

冬天已去，雨水退散；

百花开放，正是欢歌的时节，斑鸠的鸣叫在我们的土地上回响。

无花果树的果实正待成熟，葡萄藤上繁花怒放，芬芳弥漫。

新郎：

起身，来吧，我的爱人……

我的妹子，我的伴侣，我来到自己的花园：采集没药和香料；吃下蜂蜜和蜂巢；饮着牛奶和葡萄酒；饮吧，噢，尽情地饮吧，我的爱人。

新娘：

我睡了，但我的心醒着：爱人的声音轻叩心房，呼唤着，开开门，我的妹子，我的爱人，我的宝贝，最纯净的人儿：我的头满是水露，我的发沾湿了夜间的露珠……

我的爱人去到他的花园，来到香料的田垄，享受果实的滋味，采集盛开的百合。

我属于我的爱人，我的爱人也属于我：他在百合丛中得到满足。

新郎：

我走进坚果园，看看溪谷中的果实，看看葡萄藤是否开花，看看石榴的花苞是否已萌芽。

来吧，我的爱人，我们走向田野，在村庄住下。

Apres q' deux out adam fet. E eve de soun coste tret. Deu ⁊ vie p'les dona.
En paradys terestre les amena. E dyt adam: icy te soy mestre. De tank
ke tu veys en viroun terestre. Meke le fruyt de ceo pomer. Car ke tu ne
le voys tucher. De tux les fruyz q' tu icy veys. Jeo voyl q' tu mestre seys.
Ore fee bien cu' jeo te dy. E ne tuche pas le fruyt icy. E si tu brises mon
comaundement. Tot irras verreyement. Deux ne estoyt q' vn pou al
lee. Ke le defens deux ne fu brisee. Mon grant tort adam n' fesoyt. Caunt en cestuage n' mettoyt.

早上起床去葡萄园，看看葡萄藤可曾开花，娇嫩的葡萄是否已长出，石榴的花苞是否已萌芽：在那里，我把爱交给你。

曼德拉草香气浓郁，我们的园中长满了美味的果实，有新的，有老的，都是我特意留给你的。噢，我的爱人。

葡萄园就在眼前，那是我的葡萄园：快一点，我的爱人，像羚羊或者小鹿飞奔到香草的山上。

情迷五月

中世纪传奇中有大量关于花园爱情的描写。15世纪60年代，托马斯·马洛礼爵士的《亚瑟王的一生》以庄严优雅的笔触反映了五月时节的花园爱情。1485年，英国著名印刷商卡克斯顿将其以《亚瑟王之死》为名出版。

过了圣烛节就是复活节，五月即将到来，万物开花结果。草木之繁，纷纷在五月绽放花朵，孕育果实；每一颗生机勃勃的心灵，怀着爱情在五月萌芽、盛放。五月把勇气赐予每一对恋人，勇敢去爱，不要像其他月份那样约束自己。五月的草木使世间的男女获得新生，恋人们重新忆起曾经的温柔与照顾，还有往常疏忽的体贴小意。

夏日的绿意在冬季褪色消散，男女之间的爱情也难以长久。对许多人来说，万事本无长久可言；只消冬季一阵疾风，便无由地将真爱扭曲淡忘；这不是睿智，也不是长久，只是本性的脆弱与信仰的缺失。愿五月的花园生满鲜花绿草，愿每一个虔诚的内心盛开花朵，对上帝虔诚，从信仰的承诺中获得快乐；世上无永远虔诚的男女，无非是爱某物甚于另一物；真正的虔诚不会败坏，但首先须将忠诚付予上帝，再将争吵交给女性：在我看来，这才是“高贵的爱”。

音乐塔边优雅的花园

斯蒂文·霍斯是国王亨利七世身边的贵族侍卫，曾经写下大量华丽的诗篇。本篇选自他1554年的诗歌《快乐的消遣》，描述了孤独的男子在美丽芳香的花园中见到了他爱慕的“美丽圣女”拉·贝·普赛尔小姐。

小鸟哼着甜美的曲调，
伴着乐声唱响美好的清早。
早上六点，长官和我
走进了音乐塔边
优雅的花园，那里围墙环绕，
美丽的普赛尔小姐曾在花间，
呼吸芬芳的气息，
享受甜美的清晨。

我们见到了门口的女看守，

她举止周全，名唤“礼貌”
向我们行礼问好，
问为何而来，
我们来花园不抱任何目的，
只想和美丽的小姐说说话。

“好的，”她说，“花园
绿草茵茵，鲜花盛开，
小姐用真爱
编织了一个五彩的花环，
多么甜蜜，美丽而芬芳，
她独自坐在凉亭里，
无人陪伴也心欢。

“请稍待片刻；
我前去通报。”

她走到小姐跟前，

通报我们到来，

有心与她清谈。

“好啊，”她说，“很高兴

他们来做客，说说自己的想法。”

好心的“礼貌”没有耽搁，

殷勤地回来禀报，

请我们进去，

到小姐面前，

说明来意。

我们走进了她的花园，

多像那个令人慰藉的地方，

这里挂着花神的画像，

花结缠绕成

挺立的雄狮，

原是清香的草木，

不同的花朵编出一条条

相似的小龙，

花神的巧手造就各色芳华。

花园的馥郁里

有一个凉亭，优美的曲线

能与天堂媲美，

花朵散发着芳香，

其间一眼叮咚的小泉，

还有金蓝色的

壮美喷泉。

喷泉中立着一条龙，

纯金的尾巴上，

花纹和鳞片彰显

刚毅的力量，

衬着银色的底盘，

三只形态各异的蓝色龙头

喷出悦耳的水花。

清泉边一位

美丽的小姐，

愉悦地坐在万花丛中，

正在编织一个花环，

她的长发垂下，光泽闪耀

像金子，又像在火中净化，

她的长发像金丝般明亮。

一位真正的大家闺秀，

穿着华美的服饰，

那是最精美的天鹅绒，纯净的靛蓝，

衣领绣着一圈珍贵的貂绒，
娇嫩的手上戴着精致的手套，
纤手伸来，
我不住地看着她。

待我来到她的面前，
跪在地上向她诉说：
噢，女神，最美丽的小姐，
噢，星星如此清澈，散发出高贵的光芒……
求求你，我的小姐，请听一听
我哀伤的心事。

化作一株曼德拉

不是每个人都能在花园里找到快乐。约翰·多恩在《特威克南花园》(约16世纪90年代)中伤感于恋人不愿回头。

叹息汹涌，泪眼蒙眬，
我来此寻找泉水，
洗净耳朵，洗净眼睛，
芬芳的泉水治愈一切污秽。
哦，这不过自我欺骗，我带来
蜘蛛的情网使万物腐烂，
甘露也化为苦胆；
这里也许是真正的天堂
只因我带来了毒蟒。

冬天黯淡了此间辉煌，

看不清反而更好，

只有墓地般的寒霜

止住了树木的嘲笑；

我却不能忍受这屈辱，

也不会带着爱情离去，爱情，

请让我化作这里无知无觉的一部分，

化作一株曼德拉，在此扎根生长，

或一道石头泉，把岁月流淌。

恋人们，带着水晶瓶，来吧，

带走我的眼泪，那是爱的佳酿，

再回家尝尝恋人的泪水，

与我不同的，都是虚假的爱恋。

唉！心灵不像眼睛会发光，

眼泪读不出女人的心房，

还不如看看她的阴影。

哦，堕落的女人，除她之外没有真实，

只有她是真的，她用真心把我杀死。

何处更似伊甸园

夏洛蒂·勃朗特在《简·爱》(1847年)里刻画了一个极为浪漫的花园氛围，为罗切斯特先生对简有悖伦理、充满厄运的求婚做了铺垫。

仲夏明媚的阳光照耀着英格兰：蓝天如此清澈，日光如此温暖，这片波涛环绕的大地好久不曾有过如此明丽的时光，似乎意大利温暖湿润的天气从南方飘来，像一群绚烂的候鸟落在英伦的白崖。干草已收完；桑菲尔德庄园周围绿色的田野收割完毕；大路烤得泛白；树木郁郁葱葱，一片深绿；树篱和树林枝繁叶茂，与日光下的茵茵草地形成鲜明的反差。

夏至前夜，阿黛尔在哈伊小道那边采了半天野草莓，终于累坏了，太阳一落山就上床睡觉。我看着她沉沉入睡后，便独自向花园走去。

这是一天二十四小时中最甜蜜的时光。“白昼的烈火已耗尽”[误引自托马斯·坎贝尔的《土耳其女人》]，清凉的露水滴落在喘息的平原和烧灼的山顶上，太阳默默西沉——不掺杂绚丽的云霞——展开一片庄重的紫色，只在山尖的某一个点上燃烧着火红的珠光与炉火，向高远处蔓延，越来越柔和，渐渐布满半个天空。东方深蓝的天幕也别具魅力，那里有谦卑的宝石，游乐场和孤独的星辰：月亮，月亮即将升起，如今正在地平线下静静地等待上场。

C.E.BROCK

我漫步在小道上，忽然闻到一阵熟悉的微香——那是雪茄的气味——悄悄地从某扇窗户里飘出来；书房的窗户似乎开了一手宽；有人在那里看着我；我赶紧离开，走进了果园，没有哪里比果园更受庇护，更似伊甸园。这里绿树成荫，百花盛开，一边的高墙隔开了庭院，另一边是榉树遮蔽的林荫大道，像一道屏障避开草地。果园后部低矮的篱笆，分开了外边孤寂的田野；一条蜿蜒的小道通往篱笆，小道旁种满了月桂树，尽头一棵高大的马栗树，树下还有一条长凳，正宜散步而不容易引人注意。夜色渐浓，万物寂静，甜蜜的夜露正在降临，我愿永远漫游在树影之下；再往上走，穿过花坛和果园，初升的月亮将银色的光辉洒在空地上，多么令人沉醉，我突然停下了脚步——不是听到或者看到了什么，而是再次闻到了那个令人警醒的气息。

野蔷薇、青蒿、茉莉、石竹花和玫瑰早已点起了晚香：然而那个气息并非来自草木，那是罗切斯特先生雪茄的气味，我很熟悉。我四处张望，侧耳倾听，只见树上挂着成熟的果子，听到半英里外的树林里夜莺在歌唱；四周看不到移动的身影，也听不到脚步声，只有雪茄的气息逐渐浓郁：我该走了。我向通往灌木丛的边门走去，正看到罗切斯特先生走进来。我脚步一闪，躲进了旁边的常春藤；他不会久待：也许很快就会原路返回，只要我坐着不动，他就不会发现我。

但事实并非如此——他和我一样沉醉于夜色，喜欢这个古老的园林；他悠然漫步，有时抬起灯笼果树的枝条，看着枝头梅子大的灯笼果；有时俯身花丛，轻嗅花香，观赏花瓣上的露珠。一只大飞蛾嗡嗡地从我身边飞过，落在罗切斯特先生脚边的枝叶上，他看到了，弯下腰细细观察。“他正好背对着我，”我想，“好像很专注的样子，我脚步轻一点就能无声地溜走。”

我踩着草地的边缘，避开了砂石路，以免脚步声引起他的注意：他就站在一两码之外的花坛里，那是我必经的道路；显然飞蛾吸引了他的注意力。我想：“我一定能顺利走过去。”月亮还没有升得很高，在花园里拉出他长长的影子，我正要跨过影子，他轻声地说，头也不回：“简，快来看看这个小家伙。”

我不曾发出声响，他身后也没有长眼睛——难道他的影子有感觉？我一惊，随后向他走去。

“瞧它的翅膀，”他说，“让我想起了西印度的一种昆虫；这样又大又漂亮的夜蛾在英国很少见；你看！飞跑了。”

飞蛾悠然飞远，我也怯怯地退后，罗切斯特先生却跟着我，一直来到门边，他说：

“回头再走走吧。夜色这么美，待在屋里多没意思；落日与月色相逢的时刻，怎么舍得早早上床。”

我平时看似伶牙俐齿，其实并不会编借口；尤其是面对危机，只要一两句话就能解除尴尬的时候，偏偏说不出话来。这样的辰光，在果园的树影里，我很不愿意单独与罗切斯特先生散步；却又找不到合适的理由逃开。我慢吞吞地跟在他身后，拼命地想着逃离的借口；而他显得那么镇静，那么严肃，反教我为自己的慌乱而羞愧：似乎只有我心里有鬼——如果世间有鬼的话；而他却全然不觉，仿佛心情平静。

“简，”我们顺着月桂小道，慢慢走向矮篱和马栗树的时候，他又发话了，“夏天的桑菲尔德庄园真美，是不是？”

“是的，先生。”

“你一定多少有些喜欢这里吧　　你热爱自然，又是个重感情的人。”

“我的确挺喜欢这片花园，先生……”

“可惜！”他说着叹了口气，顿了顿。

“生活总是这样，”他继续说道，“刚刚在一个不错的地方安下身，就有一个声音催促你起身赶路，因为休息的时间已经过了。”

爱的星球在高处

艾尔弗雷德·丁尼生发表于1855年的长诗《莫德》无疑是19世纪描写花园爱情的名篇。这首诗在维多利亚时期深受欢迎，巴尔夫和戴留斯等知名作曲家都曾为之谱曲。

到花园里来，莫德，
夜晚的黑蝙已飞远，
到花园里来，莫德，
我独自站在门前；
忍冬远送香泽，
玫瑰芬芳扑面。

早晨的微风轻拂，
爱的星球在高处，
在水仙盛开的天上花床，

逐渐隐没于她钟爱的晨光，

隐没于她倾心的阳光，

隐没于他的光，终于消亡。

每一个夜晚，玫瑰都听到

奏响的长笛、提琴和大号；

每一个夜晚，窗台上茉莉

随着乐曲中的舞步轻摇；

直到鸟儿醒来，

下沉的月亮终结了寂寥。

我对百合说："只有一人

能使她心情愉悦。

舞者们什么时候才能让她独自一人？

她早已厌倦了跳舞和奏乐。"

一半飞往初升的日，

一半飞向下沉的月；
在沙上低吟，在石间轰鸣。

最后的车轮轰然走远，
我对玫瑰说："短暂的夜晚
消失于细语呢喃、美酒和狂欢。
噢，爱而不得的年轻人，何必为
不属于你的人叹息哀伤？
是我的，是我的，"我向玫瑰起誓，
"永远永远，是我的爱人。"

乐声交响在大厅，
玫瑰的灵魂侵入我的骨血；
我在花园的湖边站定，
听见你飞落的溪水
从湖泊流到草地，又流向树林，

那是我们的树林，比一切更珍贵；

你轻轻走过草地，多么甜蜜，
三月的风也要叹息，
将你的足迹化作宝石般的痕印，
如你紫罗兰般的眼睛，
走向我们相会的茂密山谷，
刹那间幽谷宛若天堂。

纤细的金合欢无法摇落
长长的奶白色花朵；
白色的湖中花坠入湖水，
如海绿草在绿地上小睡；
但玫瑰为你彻夜不眠，
倾听你对我许下的誓言，
百合和玫瑰都没睡，

叹息拂晓，叹息着你。

女孩玫瑰园里的玫瑰女王，
过来吧，舞曲已终止，
映衬着绸缎和珍珠的光芒，
百合和玫瑰的女王化作一体；
放光吧，小宝贝，在阳光下旋转。
把花朵照亮，做她们的太阳。

门前的转心莲
落下了璀璨的泪珠。
她快来了，我的宝贝，亲爱的孩子；
她快来了，我的生命，我的命运；
红玫瑰喊着：“她来了，她来了；”
白玫瑰呜咽着：“来迟了；”
飞燕草听着：“我听到了，我听到了；”

百合轻声道："我等着。"

她来了，我的心肝，我的甜心；
如果那是空中的轻线，
我的心会听见，并为她跳跃；
如果那是地上的尘土，
我的尘埃会听见，并为她飞扬；
如果我已死去一个世纪，
也会在她脚下惊醒而颤抖，
开出紫红色的花朵。

帽子和铃铛

威廉·巴特勒·叶芝的《帽子和铃铛》（1899年）把花园里恋人的悲欢刻画得美好难忘。

小丑走进了花园：

花园里一片寂静；

他使灵魂高升，

站在爱人的窗棂。

坦诚的灵魂穿着蓝袍升起：

正逢猫头鹰开始嚎叫，

想起她轻快的脚步，

言语也变得智慧巧妙；

但年轻的女王不听；

她穿着白色睡袍起床；

关闭了沉重的窗棂，
再把插销拉上。

他召唤真心接近她，
猫头鹰已不再叫唤，
红色的颤抖的外衣下，
真心透过门缝向她歌唱。

幻想着花儿般蓬松的秀发，
歌声也变得甜蜜优雅；
但她拿起桌上的轻扇，
把它从空中挥散。

“我有帽子和铃铛”，他想，
“送给她，我就死亡”；
黎明的天色渐白，他把礼物

留在爱人必经的路上。

她把礼物放在胸口，
放在如云的发髻下，
红唇为它们唱着情歌：
直到星星逐渐暗淡。

她打开门，推开窗，
让真心和灵魂进来，
红色的真心在右边，
蓝色的灵魂在左边。

它们像蟋蟀一样喧哗，
说着智慧和甜蜜的话，
秀发如含苞的花朵，
爱的安宁在脚下。

instabilitas
luxuria
inertia
Fortuna
Genius
VITA HUMA
NA
HAC
ITUR AD
GEMITUS
Deceptio

EEN DER SCHOONSTE GESIGTE
van
'T VERMAARDE PERK VAN SORGVLI
22
23
23
23
23
Verklaringe der Cyfergetallen.
8 Groote Visryke Vyver. 19 Groote Vyver voor Vreemde en Inlandse Water-Vogelen. 20 Volieres of Vogelkooyen voor Vreemde en Inlandse Vogelen. 21 Fonteyn en groote Poort van latwerk. 22 Een groote,

Chapter 2

宏伟设计

“花园如人，需要精心照料和装扮。”这句民间俗语被玄学派诗人乔治·赫伯特写进了《俗语怪谈》。千百年来，如何着装，如何装点花园，风向时时变幻。20 世纪早期，园林设计师艾福瑞·特平认为：“我们逐渐成长为园艺家的国度。”皇家与贵族纯粹以园林为乐，其他人则为了更加实用的原因来建造园林。

空中花园

没人比尼布甲尼撒更高贵、更富有，据说他为妻子建造了著名的巴比伦空中花园，被希腊人评为世界七大奇迹之一。公元前1世纪，历史学家狄奥多罗斯·斯克鲁斯描述了花园的栽植和构造。本文中提到的“抽水机”或许来自阿基米德的灵感，当时的一腕尺约等于半码，硫黄的作用类似于沥青。

花园约四百平方英尺，往上延伸到山顶，周围的建筑与套房相连，如同一家剧院。台阶下的拱环层层叠叠，缓缓爬高，支撑起整个平台，其中最高的拱环约五十腕尺高，花园四周环绕着墙垛和壁垒。城墙斥巨资打造，高大坚固，厚达二十二英尺，隘口宽十英尺。

几层拱环之上又置横梁和巨大的条石，条石长十六英尺，宽四英尺。屋顶先铺一层浸过硫黄的芦苇，再盖上两层瓦片，抹上结实牢固的灰浆，接着在上面铺设铅板，那样地面渗出的水就不会腐蚀底部。最后均匀撒满恰当厚度的土，种花种树，美丽可人。层层叠叠的拱环下还有许多大大小小的隔间，其中一间装了抽水机，可以借助隐藏起来的导水管，把幼发拉底河水抽上来浇灌花园。

蓝色无花果流淌着甘甜的乳汁 

荷马的《奥德赛》对阿尔喀诺俄斯花园的描写是最早关于花园的文学作品之一。奥德修斯落海后被冲上了斯刻里亚岛（常被认为是现在的科孚岛）的海岸，为瑙西卡的父亲阿尔喀诺俄斯所救，不仅得到了隆重的接待，还被送回了伊萨卡岛的家。本篇选自亚历山大·蒲柏1725年的译文。

宫殿门口有个大花园，

不惧风雨与湿寒。

绿篱的围栏护佑着

一片四英亩的土壤。

园中的高树结满了果子：

渐渐成熟的苹果色泽金黄。

蓝色无花果流淌着甘甜的乳汁，

深红的石榴光彩闪亮；

沉沉的梨子把树枝压弯，

青翠的橄榄全年盛放，

西风送来温暖的空气，

吹拂着果子生生不息：

梨子和苹果落了又长，

无花果也累累而上：

温柔的西风吹开了花朵，

吹硬了芽，也吹大了果。
这里的葡萄藤齐齐蔓延，
所有的人都努力了一年；
有人从丰饶的藤上把果实采摘，
有人在阳光下把黑葡萄晾晒，
其他人一起踩压葡萄酿酒：
漂着泡沫的好酒倾泄如洪流。
这是开满繁花的春藤，
这里的葡萄在阳光中褪去青涩。
那里却已染上秋季浓郁的紫色。
苗圃常青，种满各色香料，
齐整排列在果园的尽头。
两股丰沛的泉水是点睛之笔，
环绕着果园化作了小溪，
探访每一株植物，滋润每一寸土地；
宫殿下铺着水管，

流向小镇的四方：

每一道溪流各尽其用，

一条属于百姓，一条供给国王。

这都是众神赐予的荣耀，

赐予阿尔喀诺俄斯和他幸福的土地。

宁静而安详

盖尤斯·普林尼·凯基利乌斯·塞孔都斯（也就是人们熟悉的小普林尼），古罗马著名的演说家和律师，生于公元61年，卒于公元112年。知名的博物学家老普林尼是他的叔叔，也是良师益友，可惜死于公元79年维苏威火山喷发。小普林尼以其见闻广博的信件而著称，其中几封描绘了豪宅的盛况。《信52——致多米提乌斯·阿波黎纳里斯》着重介绍小普林尼在托斯卡纳的别墅，别墅俯瞰私人跑马场，有一条车马竞赛的跑道。

我的房子虽在山脚，但视野和在山顶一样好，屋后的远山就是亚平宁山脉。温和的季节里，山边吹来凉爽的轻风。我家大部分房间朝南，午后的阳光落在长长的门廊上，照亮了许多房间，也照亮了复古的庭院。门廊前有一片阶梯，两边的黄杨和灌木修剪成不同的形状。走下台阶还有一条缓坡，两旁的黄杨修剪成小动物的样子，两两相对。缓坡通往草坪，草坪围绕着柔软的（我差点说成了“液体的”）莨苕：草坪外围是一条走道，道边种满了常青的植物，也修剪成不同形状。最外圈是跑马的环形跑道，密密环绕着黄杨树篱和矮树。

整个房子被圈在围墙之内，墙上覆盖着黄杨树篱，修剪成阶梯的样子，一级一级延伸到山顶。围墙之外有一大片草地，全是自然的神秀，全凭艺术来赞美。

跑马场是院子中央的一块空地。走进大门，视线全无遮挡，跑马的风光一览无余。马场周围环种着悬铃树，树上爬着常春藤，上方枝叶茂密浓绿，下部的枝干缠绕着青翠的春藤，从一棵树蔓生到另一棵，将高大的乔木连接在一起。

两棵悬铃树之间隔种着黄杨，后面还有一片月桂树林，各色树影相互交织。跑马场边界的马路笔直，远处渐渐弯成半圆，尽头环绕的柏树投下了更加深沉的阴影。内圈有好几条走道，在此散步可以尽享空旷，走道上长满了玫瑰，花影和温暖的阳光构成迷人的对比。穿过蜿蜒的小道便走进了一条笔直的大道，却偏偏常被黄杨树篱分隔开来。这里一片草地，那里几株黄杨，修剪得千奇百怪，有的甚至修成英文字母，拼出主人或者工匠的名字。中间还不时冒出尖尖的果树，令人不禁赞叹这规整之中流露的乡野风光。正中央长着几棵低矮的悬铃树，旁边的金合欢柔韧地弯曲成各种形状和字母拼成的名字。走道尽头有一个白色大理石凉亭，高大的卡里斯提安立柱上爬满葡萄藤，投下一片阴凉。水流顺着管道从半圆形的台子下穿行而过，看起来就像被坐在上面的人挤压出来似的，清水流到下方的石头水池，再导入打磨光滑的大理石水盆，盆中的水满而不溢，足见工艺之高超。

我常爱在此享受晚餐，以水盆为桌，大盘摆在边缘，小盘漂在水中，像小船，像水鸟。前边有一个喷泉，水花从一排小孔中喷向高空又回落下来，泉中便一时空一时满。凉亭对面是一个消夏的大理石小屋（二者遥遥相对，相互装点），门口面向着绿色的围栏，从高高低低的窗户往外望去，满眼的绿意，那是不同的绿植。旁边还有一个小房间（虽然看起来很特别，但仍然是小屋的一部分），摆着一张沙发，四面都有窗户，但室内幽暗而温馨，只因葡萄藤爬上了房顶，把小房间密密地笼罩。何妨斜躺在沙发上，幻想自己身在林中，唯一的不同是无须遭受风霜雨雪。喷泉起起落落——到处都有大理石长椅，走累了就坐下来休息片刻，此间的享受不亚于大理石凉亭。每一个长椅旁边都有一个小喷泉，跑马场旁还有几条涓涓溪水，艺术之手指挥着水流，顺着水管引向各处，或浇灌绿地，或汇聚成泉……

我总是喜欢待在托斯卡纳的别墅，而不是图斯库卢姆、台伯和普莱奈斯特的房子里，这里更私密、更深沉，不受外界打扰，远离城镇的生意和客户的烦扰，是个休养的好地方。一切都那么宁静而安详，还有清新的空气和清澈的蓝天，令人身心舒畅。平时只管读书、打猎，生活很有规律。家人们也特别喜欢这里，至少我带来的人都不愿离开（运气不错！）。愿上帝让幸福始终陪伴着我，陪伴着我的别墅。珍重。

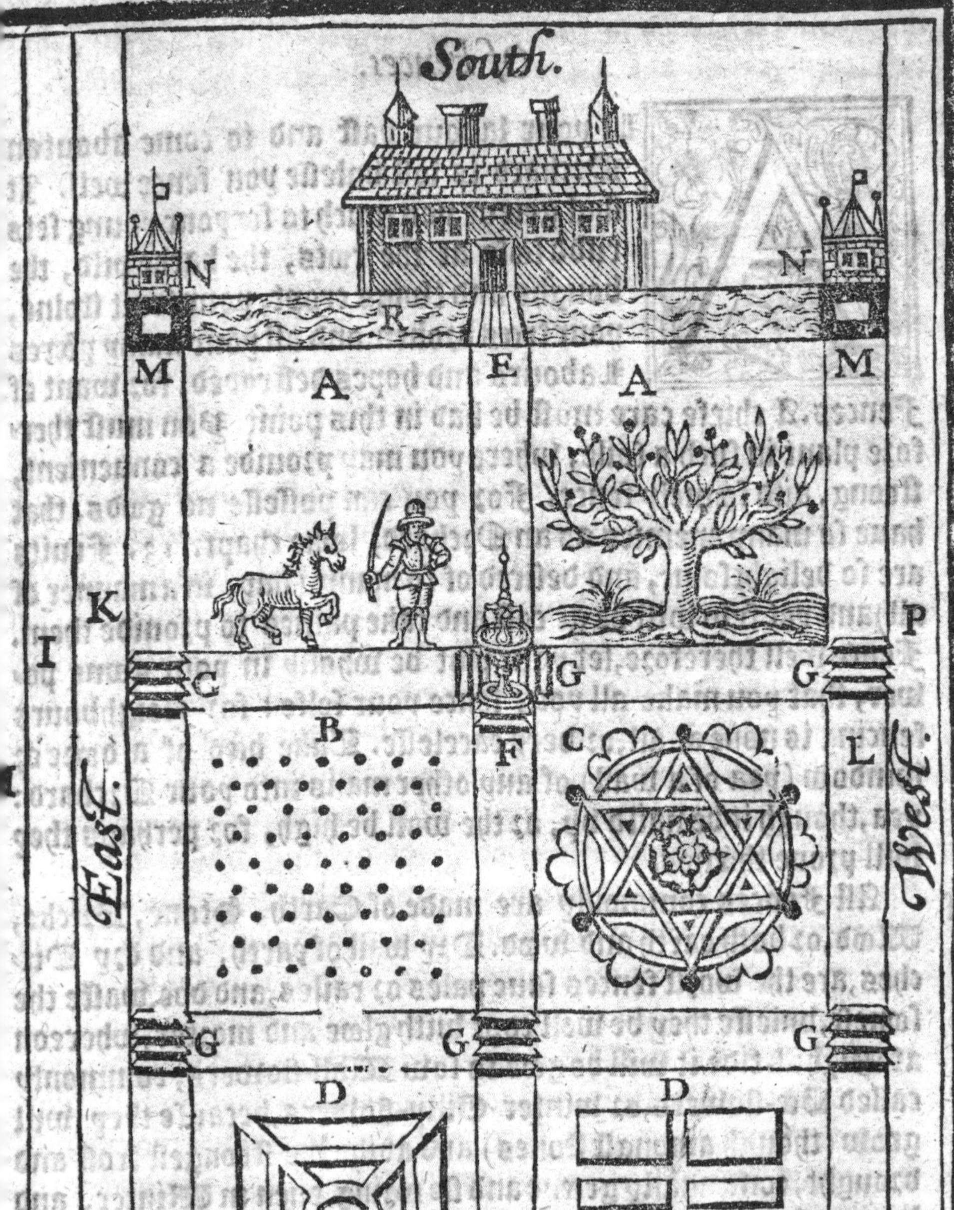

A. All these squa must bee set w trees, the Garde & other ornamen must stand in spa betwixt the trees in the borders a fences.

B. Trees 20. yard asunder.

C. Garden knot.

D. Kitchen garde

E. Bridge.

F. Conduit.

G. Staires.

H. Walkes set w great wood thick

I. Walkes set w great wood rou about your C chard.

K. The out fen

L. The out fence with stone fruit.

M. Mount. To for earth for a mou or such like, set round with qui and lay boughs trees strangely termingled, to inward with th earth in the midd

N. Still-house.

O. Good standin for Bees, if yo haue an house.

P. If the Riuer ru by your doore, a vnder your mou it will be pleasan

好风轻拂

1575年7月，伊丽莎白女王到肯尼沃斯城堡进行了为期九天的访问，莱切斯特伯爵特意在城堡里为女王度身打造了一座精美的私人花园。有一天女王外出打猎，一位过路人无意间在花园看守人“招呼”下进入了花园，并用笔详尽描述了花园的模样。此人名叫罗伯特·莱恩厄姆，他在文中描述了花园里的斜坡、十五英尺的方尖塔和宝石点缀的华美鸟舍。肯尼沃斯城堡花园是较早引进英格兰的意大利风情花园，最近刚刚重新修缮。

莱切斯特伯爵命人在城堡北面打造了精美的花园，占地约一英亩。沿着城堡围墙边一道迤逦的斜坡走下来就到了花园。斜坡高十英尺，宽十二英尺，坡上铺满了青草；花园的入口等距安放着方尖碑、大石球和白熊的石雕。左右两端的尽头各有一个鲜花绿树环绕的凉亭，共同构成了花园的基本布局。青青的小径界线不甚分明，有些地方铺着细沙（为了富于变化），不会太轻，不会太软，也不易被灰尘沾污，沙道细腻坚实，走在上面很舒服，就像浸湿的海滩。为了使花园内的四个区域比例平衡，每一块地中央都有一个两英尺见方的基座，托着一根十五英尺高的方形立柱，立柱左右对称，离地一英尺至顶端之下两英尺镂空，柱顶是一个直径约十英寸的小圆球。每一根立柱，包括基底，从下到上都由同一块花岗岩雕凿而成，无论艺术造型，还是运输和竖立，都极为不易。更为难得的是，花园里芬芳气息来自各种芳香植物、草药香料和鲜花，色泽优雅，造型各异；果树上垂着苹果、梨和樱桃，这些无不花费了巨大的人力和物力。

斜坡北墙的中央还建了一个方形的鸟笼，高二十英尺，长三十英尺，宽十四英尺。高大的框架上开着四扇拱形的大窗户，支起华丽的飞檐，蒙着精细的铁丝网。飞檐下装饰着大钻石、绿宝石、红宝石和蓝宝石。豪华的笼子里装满了来自英格兰、法国、西班牙、加那利群岛和非洲的鸟类。墙上还凿了等距的洞，供禽鸟过夜，或者躲避恶劣的天气。

花园中央有一个华丽的喷泉，两根立柱捧着一个三英尺直径的大碗，流出的泉水通过细小的水管喷向下方的泉池，池子里游着鲤鱼、丁鲷、海鲷、鲈鱼和鳝鱼。

花园经过精心的打造，正适合消夏。花园门口的缓坡笼罩在树荫之下，好风轻拂，驱离了炎夏，喷泉送来微微的清凉；不妨亲手采摘美味的草莓、樱桃和其他水果；闻一闻植物、草木和花朵的芬芳；听一听鸟儿悦耳的曲调；看一看欢快流淌的溪流；树林，水流（池塘和水管都近在眼前），小鹿，人（藤架东边视野开阔），果树，植物，草本，颜色变幻，鸟儿欢腾，喷泉流淌，锦鳞游动。花园动静相宜，蔚然有序，高雅尊贵，只有高贵的头脑才能构思出这样的美景。

王子般的花园

1597 年，弗朗西斯·培根爵士计划打造一个完美的“王子般的”花园，园中有阴凉的小径、山间餐厅和泳池。

花园占地面积最好超过三十英亩，主要分为三部分：入口的绿地；出口处的荒野或沙漠；正中央的大花园；两边还有小径环绕。我要把四英亩地划给绿地，六英亩是荒野，左右两边各四英亩空地，中间十二英亩花园。绿地有两个作用：首先，修剪得当的绿草看起来很舒服；其次，绿地中还能走出一条小径，通向包围花园的高大树篱。小径太长，天热时需要穿过草地才能走进花园的阴凉，因此最好在小径的某一侧用木头搭个约十二英尺高的凉棚，阴阴凉凉地走向花园。

花园靠近房子一侧的窗户下面可以用植物摆设出各种图案和形态，在屋子里就能看到外面的景观，各种造型多姿多彩，非常有趣。花园最好是方形的，四面围着拱形的树篱。拱廊以木柱打底，高十英尺，宽六英尺；中间的空间与拱廊同宽。拱廊上方有四英尺高的完整树篱，也可以用木头搭框架养出树篱；树篱和拱门上还可以建一个小塔楼，养一笼小鸟：拱门之间做一些精巧的小玩意儿，罩上圆形的彩色镀金玻璃，在阳光下闪闪发亮。我想把树篱建在斜坡上，不要陡坡，而要稍微倾斜的六英尺长斜坡，坡上种满鲜花。当然，这块空地不该与整个花园规划的用地等宽，最好每一边留出一点空白铺设边缘小径，会显得更加丰富；正好通向草地上的两条小径。

大树篱里面那块地方的规划，我有不少想法，不管你打算做什么，我都不建议塞得太满，尤其不要把杜松之类的植物修剪出动物形象，太幼稚了。我喜欢矮矮的小树篱，圆圆润润，剪成三角锥形；有些地方可以用木柱子来支撑框架造型。我喜欢宽敞的小径；也可以沿着围墙铺些砖石小道，但绝不能在中间的大花园里设计宽敞的走道。我还希望花园中有一座小山，三面都有上山的坡道，足够四人并肩散步；坡道首尾相接成环，不设壁垒或浮雕；小山约三十英尺高；山上有一间精致的餐厅，烟囱干干净净，不要用太多玻璃。

喷泉优美而休闲；但池塘会毁了一切，塘里全是苍蝇和青蛙。喷泉有两种：其一凸显喷涌的水花；其二是汇聚的泉池，三四十平方英尺，不养鱼，也没有淤泥或泥土。前者可以镀金或者用大理石修建；难点在于如何用盆或者水箱把流水送过来；怎样使水不被周围的鲜花绿叶染色，不生苔藓，也不腐烂；此外，每天还要用手清洗喷泉。设几个台阶爬上喷泉，或者在旁边铺一条人行道应该不错。

第二种喷泉可称为“澡池”，特别引人遐想，也更容易打理：底部和四周铺上美丽的图案；饰以彩色玻璃和绿色植物；周围安置一圈低矮的雕塑。这种喷泉的问题与前一种类似；水流不止，从泉池上方喷下来，大部分从均匀的小孔渗入地下。如果设计得当，可以让泉水呈弧形喷下来，不会溢到池外，水花有各种造型（羽毛、酒杯、圆罩等样子），看起来很漂亮，但既不健康也不够温馨。

花园的第三部分是荒野，希望圈起来尽量保持自然的状态，不

Dessiné et gravé par Romain de Hooghe.
27. Groote Alleé oft Laan na de Samson. 28. de Maliebaan.
29. Maliehuys en Fonteyn............33. Pavillioen van Samson.
34. Moesthuynen........................35. 't Meer van syn Hoogheyt.
27. Grande Alleé vers le Pavillon de Samson 28. le Maille.
29. Retraite et Fontaine du Maille. 33. Pavillon de Samson.
34. Jardins d'herbe potagere..........35. Estang de son Altesse.
a Amsteldam chez Nicolas Visscher avec Privil. des Estats Generals.
O

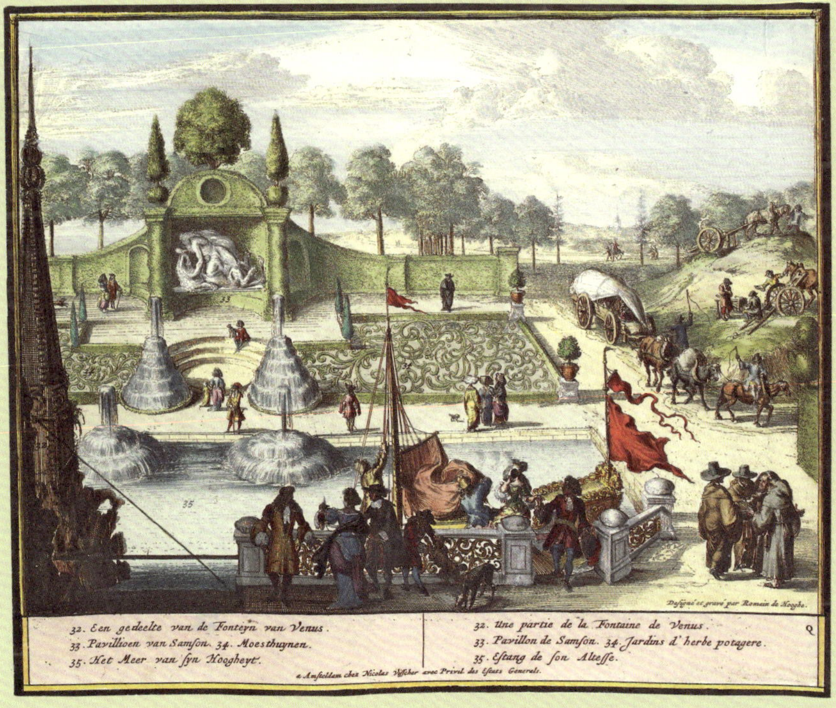
Dessiné et gravé par Romain de Hooghe.
32. Een gedeelte van de Fonteyn van Venus.
33. Pavillioen van Samson. 34. Moesthuynen.
35. Het Meer van syn Hoogheyt.
32. Une partie de la Fontaine de Venus.
33. Pavillon de Samson. 34. Jardins d'herbe potagere.
35. Estang de son Altesse.
a Amsteldam chez Nicolas Visscher avec Privil. des Estats Generals.
Q

需要种树，只留着野蔷薇和忍冬的灌木丛，夹杂着野葡萄藤；地上种些紫罗兰、草莓和樱草，甜滋滋的，在背阴的地方也长得很好。它们随意地生长在荒野里，而不是排列得整整齐齐。最好四处还有些鼹鼠堆之类的小土堆（荒野里很常见），上面长满了野百里香、石竹、石蚕，开出美丽的小花，此外还有长春花、紫罗兰、草莓、流星花、雏菊、红玫瑰，以及山谷里的百合、红色的美洲石竹、斗篷草之类：低矮的植物香味沁脾，悦目赏心。有些小土堆最好在灌木丛下面，既有带刺的灌木，也有不带刺的，不妨种些玫瑰、杜松、冬青和伏牛花，花香浓郁；红醋栗、灯笼果、迷迭香、月桂树和野玫瑰也不错，但要经常修剪，不然就会长过头，淹没了小径。

夏利马尔花园

莫卧儿王朝的皇帝们大多擅长规划花园，将来访者引入迷人的休憩之地。最著名的莫卧儿花园当属1619年建在克什米尔达尔湖畔的夏利马尔花园，皇帝贾汗吉尔修建花园博取皇后的欢心。1910年，康斯坦斯·维拉·斯图沃特参观了夏利马尔花园，并在其先锋性作品《莫卧儿帝国的花园》(1913年)中描述了园中风光。

运河长约一英里，宽十二码，经柳树林，流过小溪下游的稻田，将花园和开阔的深水相连。两岸各有一条绿草茵茵的法国梧桐林荫大道；运河入口散落着砖石，可见以前是一扇大门。还有一些残余的石堤，沿着水道排列。

夏利马尔花园……是莫卧儿人的避暑庄园。花园围墙长五百九十码，宽两百六十七码，和其他皇室园林一样分为三个独立的部分：外花园，中央花园（或皇帝花园），最后一个最美，是专供皇后和女士们享用的花园。

外花园也叫公共花园，始于运河与小溪的交界，终于运河边第一个大凉亭——提万安母庭（意为“公共议事厅”）。黑色的大理石王座俯瞰运河中央的一道瀑布，河水穿过建筑物流到下方的水槽。花园时常对公众开放，或许曾有人看到皇帝在此登上宝座的情景。

第二个花园更加宽敞，两道缓缓的阶梯通往中央的提万卡斯亭（意为“私人议事厅”）……东部角则是皇家浴室。

围墙前的警卫室则通向女士们的花园。警卫室重建于古老的石基之上，充满了克什米尔风格。花园的喷泉中央是沙贾汗所建的黑色大理石凉亭，也是花园之美的极致。碧绿的水光冲刷着光滑的大理石，深沉的水声在古老的柏树间回响。凉亭凝聚了花园的美色与芬芳，远方的背景是马哈德瓦山的积雪。莫卧儿人深谙花园建造的精髓，和所有的艺术一样需要高潮。

凉亭四周环绕着几道瀑布，晚上灯光照亮瀑布后拱形的围栏，比白天还要梦幻……微妙的轻松与浪漫情怀，无言的魔咒笼罩着这座皇家园林：幽深的绿意，浅浅的阶梯，平滑的瀑布，宽阔的运河，一切都是那么宁静，只有横穿溪流的石块上偶尔传来脚步声。

花园的天才

亚历山大·蒲柏痴迷花园和公园，它们仿佛陈列宝石的背景，衬托着屋舍。他曾经写道，“园艺如哲学”，并不止一次讽刺当代的园艺风格，痛恨人造风景。自然是最好的向导，应当顺着自然的景观建造花园或公园。18世纪30年代，他在写给伯灵顿伯爵理查德·波义耳的信《物尽其用》中讨论了自己的想法。

想建就建，想种就种，心随意动，

立起支柱，弯起门拱，

沉沉的洞穴，缓缓的阶梯；

愿天然的景观不被忘记。

且把女神当作普通仙女，

既不过度装饰，也不任其裸露；

不要窥探每一处美景，

恰当的隐藏才是妙计。

不论可爱的迷糊还是惊喜，

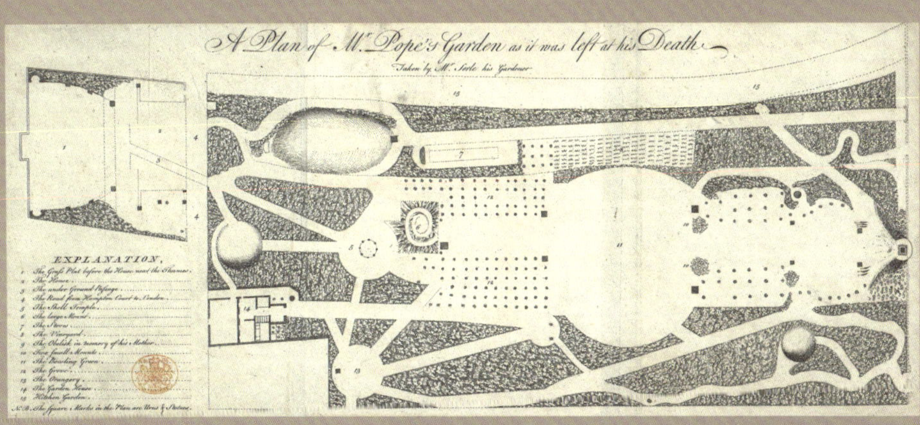
A Plan of Mr. Pope's Garden as it was left at his Death
Taken by Mr. Serle his Gardener
EXPLANATION,
1 The Grass Plat before the House next the Thames.
2 The House.
3 The under Ground Passage.
4 The Road from Hampton Court to London.
5 The Shell Temple.
6 The large Mount.
7 The Stoves
8 The Vineyard.
9 The Obelisk in memory of his Mother.
10 Two small Mounts.
11 The Bowling Green.
12 The Grove.
13 The Orangery.
14 The Garden House.
15 Kitchen Garden.
N.B. The square Marks in the Plan are Urns & Statues.

不论丰富或含蓄都是胜利。

且去问问花园的天才；

他知道是否需要水花起落；

雄心的山丘攀上天寰，

溪谷环绕如宏伟的剧院；

在空地嬉戏，在乡间呼喊，

走进树丛，看阴影变幻，

时行时止，追寻心意；

边栽边画，在劳动中设计。

每一种艺术都要灵魂追随感官，

部分的感觉呼应成整体，

美便自然而然地发散，

难于起步，生于偶然；

自然和你一起；在时间中成长，

这是值得期待的工作——或许将成就另一个斯陀花园!

1713 年，蒲柏在给《卫报》的一篇文章里，讽刺了精致的修剪造型，将其戏仿成商业园艺师的绿植广告。

现代园艺是如此有悖简单二字! 我们正远离自然，把绿植修剪成最规矩的形状，甚至妄图逾越园艺本身，介入雕塑界，把树木雕琢成粗糙的人或动物形状，而不是保留植物天然的样子……

紫杉一定要高耸如巨人，就像市政厅里的大树。我认识一位有名的厨师，喜欢用绿植加冕乡间的晚宴。餐桌的一头，马背上的骑士鲜花盛开；另一头是永葆青春的王后。

为了满足同好者们的心愿，我要郑重推出本镇著名园艺家刚刚发布的广告：为城市别墅和花园增光添彩，远离粗野的乡村风光，全世界急需一位园艺大师，善于雕琢绿植，不断改进技艺，广受用户好评。尤其善于修剪全家福，男女老少栩栩如生，女性肖像用桃金娘雕琢，男性肖像用角树。作为一个真正的清教徒，大师展示花园时总不忘重复《圣经·诗篇》里的段落："你的妻子好比充沛的葡萄酒，你的孩子像橄榄枝环绕你的餐桌。"

下面继续播放广告。

紫杉做的亚当和夏娃；大风暴压倒了善恶树，压坏了亚当；夏娃和蛇正鲜花盛开。

冬青树的诺亚方舟，肋骨处因缺水而轻微破损。

巴别塔：尚未完成。

木条搭好了圣徒乔治；如今手臂不够长，明年四月就能长到足以刺杀毒龙。

绿色的毒龙也是木条做的，连钱草编成尾巴。

注意：两个树雕不分开出售。

黑太子爱德华也是柏树做的。

棉毛荚雕的熊正在开花，杜松做的猎人结满了浆果。

两个小巨人，便宜出售。

欧洲冬青的伊丽莎白女王，似乎患上了植物病，但已经长开了。

桃金娘的另一个伊丽莎白女王长得快，两位女王就像双子柏。

苦艾做的老宫女。

挺拔的本·琼森是来自月桂的桂冠。

桂树剪成诸位现代知名诗人，有些枯萎了，一便士甩卖。

树篱的豪猪，忘在外面淋了一周的雨。

薰衣草的猪，鼠尾草塞满猪肚。

冷杉剪的一对处女，十分袒露。

蒲柏住进了特威克南泰晤士河畔的房子，他自己的别墅花园布置得可并不“简单”。1725年，他写给朋友艾德蒙·布朗特的信里显露，特威克南别墅的花园人工痕迹极重。

只差地下通道和洞穴就全部完工了。我还找到了一眼小泉，清澈的泉水流进永不停止的小溪，日日夜夜在洞穴里回荡。你从泰晤士河便可看到拱形的洞门，荒芜中一条小道穿过洞门，通往外面的大厅。洞门完全用贝壳手工制成，充满了乡间风情；从那里望向大殿下面，越过无数树冠构成的拱廊，只见河上的风帆若隐若现，仿佛远视镜上的景象。一旦关上洞穴的大门，这里马上从明亮的房间变成了暗室，墙上映出河流、小溪、树林和船，在微弱的光线里构成一幅移动的画面；与点亮时看到的景象迥然不同。

洞穴装饰着贝壳和镜子的碎片；天花板上也贴着贝壳和镜子的星星，一盏薄雪花石膏做的圆灯挂在中央，数不清的光线四散反射。与洞穴相连的狭窄通道上有两个门廊，安放着壁龛和座椅——一个由光滑的石头砌成，面朝大河，光线充足；另一个门廊朝着树林，由贝壳、火石和铁矿石砌成，手感粗糙。底部画着简单的卵石，从荒野通往大厅的走道铺着天然的海扇，与洞中的滴水和亲水庄园的设计理念甚是相符。这座花园什么都不缺，再添一座雕塑便得圆满。

亲手养育的迷宫

蒲柏同时期的著名作家约瑟夫·艾迪生首先提出"创造风景"之说（1712年）。他在牛津大学莫德林学院读书的时候写下了《艾迪生漫步》一书，书中尽显对花园的热爱。其中《旁观者》一文（第477篇）描写了拉格比附近比尔顿庄园中他的花园精致的野趣。

房子有几英亩土地，我称之为花园。真正的园丁不知该如何称呼这块地，融合了菜园、花圃、果园和花园，相互交织。初踏国土的外国人真该首先看看我的花园，一定以为我国未曾耕耘的土地都像这样充满了野趣。

花园里鲜花盛开，我对花的品种没有什么偏好，不在意珍稀的花卉，只要喜欢就从田野里移栽到花圃中。不熟悉的人看到小小一块土地上盛放着成千上万种不同的花色，无不惊讶；尤其是还能找到许多树篱下、田野里和牧场上常见到的花，在花园里独展风姿。我特别注意把同一季开花的植物种在一起，开花的时节一起开放，一霎时花团锦簇。

种植园也任性而为，植物自由生长，长成一片荒原。不适应自然野趣的植物，我不会带进园里。平时，我喜欢徜徉在这亲手养育的迷宫里，不知道下一棵树是苹果树、橡树、榆树还是梨树。

还有一片区域是菜园；硕果累累的果园旁边就该有一座小菜园，比最精美的柑橘园或人工温室可爱得多。我追求完美，喜欢看

着一排排整齐的海甘蓝和卷心菜，点缀着不知名的野菜，散发着脉脉清香；不喜欢娇弱的外国植物借助人工加热苟延残喘，或者在不适宜的空气土壤里黯然枯萎。

花园高处的泉眼也不可或缺，泉水流淌成溪，给整个园子带来欢乐。我特意让溪水流经花园的大部分土地；溪水自然地流淌，像在荒野中一样，缓缓流过长满紫罗兰和樱草的堤岸，流过柳树和其他植被覆盖的草地，仿佛天然生成。

还有一点，也是邻居们说我“古怪”之处：花园里的泉水和树荫、宁静与安详吸引了四处的小鸟。我决不允许有人春天掏鸟窝，或者在果实成熟的季节把鸟儿驱走。心里珍惜满园的画眉，远胜甜甜的樱桃，愿清甜的水果换来它们的歌声，愿四季歌声常新，愿散步时能常常看到松鸡或画眉在身边跳跃，突然穿过眼前的空地和小径。

排外的园艺

18 世纪 60 年代，托拜厄斯·斯莫利特游历法国和意大利时写了大量家书，回国后陆续发表，信中的观点体现了 18 世纪欧洲大陆和英国在园艺设计上的差异。

1765 年 *3* 月 *5* 日，天气晴

你好，我在上一封信里随心所欲地评价了意大利的现代宫殿，这一封信主要谈谈意大利人总是很夸张地赞美的花园。我并没有见过弗拉斯卡蒂和蒂沃利那些有名的别墅，也没有见过人人称颂的别墅花园和水车。我本想参观那些有名的建筑和花园，可惜天气突变，阻止了我的行程。九月的最后一天，帕莱斯特里纳山上覆盖着皑皑白雪；罗马的空气冰冷刺骨，我只好穿上冬装，回到了佛罗伦萨。但我曾见过佛罗伦萨波乔皇帝山和皮蒂宫的花园，见过梵蒂冈的花园，见过卡瓦洛山上教皇宫殿的花园，也见过罗马路德维希庄园、麦迪卡别墅和平西安纳别墅的花园；大约有一些资格评判意大利的园林风格。在我看来，平西安纳别墅的花园最美丽宽敞，方圆三英里，绕着一圈罗马风格的围墙，园中植物高低错落，应有尽有，还可以从好几个角度俯瞰整座城市和邻近的乡村。

英国人的花园或公园里一定要有树林和空地，留白交错，显得天然而意外；要有碎石铺成的林荫小道；茸茸的草地比天鹅绒更鲜活可爱；要有池塘、水道、水池、瀑布和流动的溪水；树丛、树林

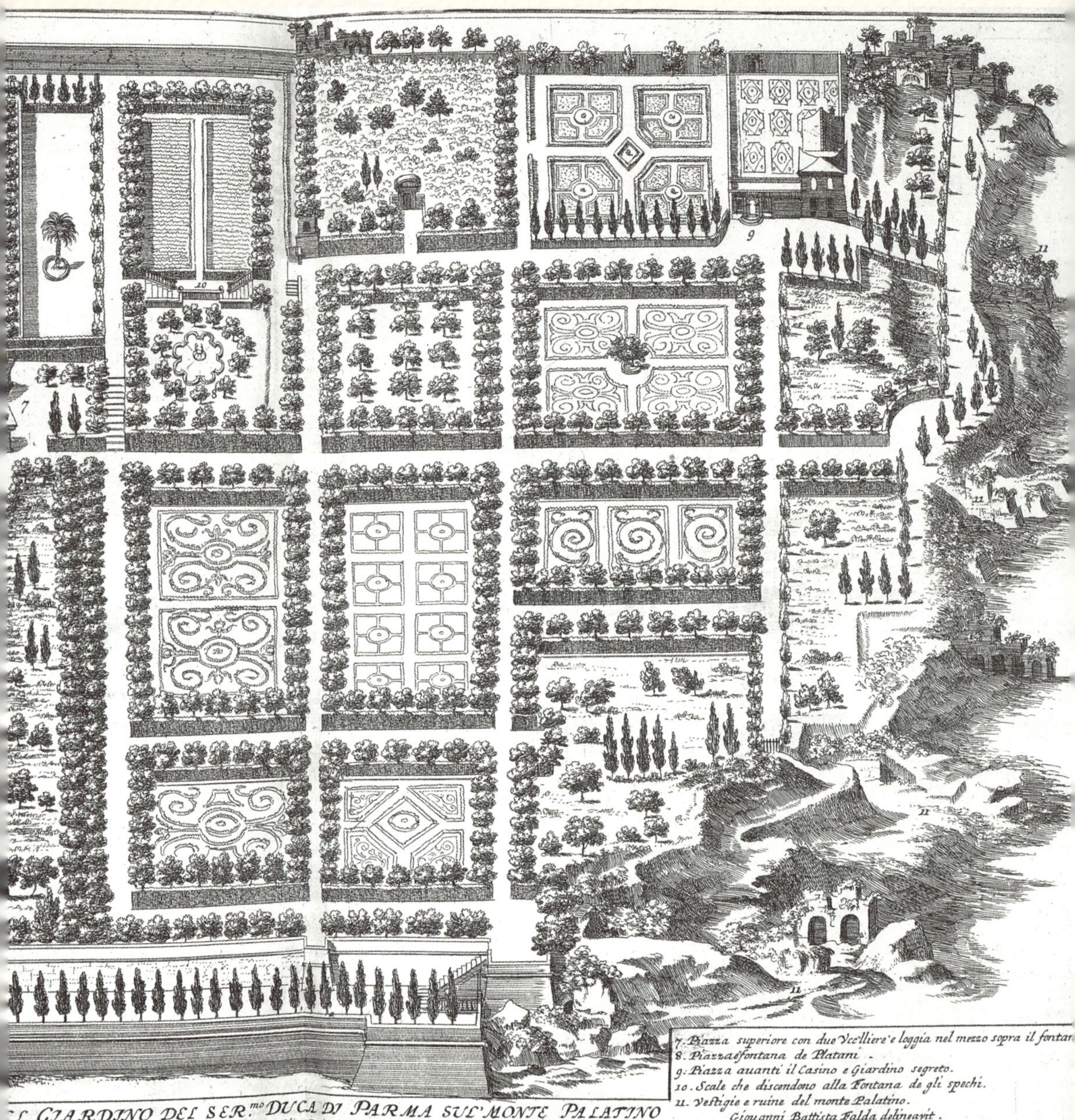
7. Piazza superiore con due Vcc'lliere e loggia nel mezzo sopra il fontan
8. Piazza e fontana de Platani .
9. Piazza auanti il Casino e Giardino segreto.
10. Scale che discendono alla Fontana de gli spechi.
11. Vestigie e ruine del monte Palatino.
Giouanni Battista Falda delineavit .
L GIARDINO DEL SER.mo DUCA DI PARMA SUL'MONTE PALATINO
Architettura del Caualier Rainaldi .

和荒原开出的小道上弥漫着忍冬和野蔷薇的香味，回响着鸟儿天籁般的歌声：愿处处开满鲜花，洗涤灵魂、启发想象；愿常有凉亭、洞穴、修道院、大殿和小室遮阳避雨，供人静思和冥想；愿树篱、果园、走道和草坪井然有序。

有的人热爱自然的简单之美，凡事保持整洁，这可不属于意大利的果园。意大利人崇尚平西安纳别墅的花园，其中有个种植园，种着四百棵松树：长长的走道上绿树葱郁，从花园入口一直延伸到宫殿；小径和树篱上树荫笼罩；园子无人打理，走道上满是黑霉和沙尘；树篱又高又瘦，显得很寒酸；树木矮小；空地在阳光下烤得焦黄，鲜有绿意；平坦规整的小径上生长着常青树，修剪得奇形怪状；花园里用木箱养着许多花，修剪成小兵和大人物的样子，一排排花盆摆在地上，地面都是灰，好像落满了铁匠熔炉里的煤渣。

更为可惜的是，水源丰富，但既没有汇聚起来，也没有顺着溪流或沟渠滋润干涸的土地，或者引流成瀑，而是用比普通水管稍大一些的管子引入各处的喷泉。从建筑和雕塑工艺来看，意大利花园里的喷泉都很漂亮；还有许多不错的雕塑；可惜喷泉和雕塑阻碍了土地，毁掉了自然的朴素，而这正是我们英国花园所追求的。

总之，这个意大利的花园里有许多走道、空地、喷泉，有一个四百棵松树的林子、小鹿呦呦的围场、花房、鸟舍、洞穴和鱼塘；除此之外，哪里都比不上白金汉郡的斯陀园，甚至肯辛顿或里士满的花园。意大利人艺术精湛，却不懂得天然之美。

改造者之手

简·奥斯汀经常在小说里提到花园，《诺桑觉寺》将高高在上的凯瑟琳带到蒂尔尼将军的花房，《理智与情感》让玛丽安·达什伍德在克利夫兰极寒中于广阔的灌木林里漫步。本文摘自1814年写成的《曼斯菲尔德庄园》，讽刺了像雷普顿那样改造花园的人。

“拉什沃思先生，”伯特伦太太说道，“我要是你，就会种一片漂亮的灌木林，天气好的时候可以散散步。”

拉什沃思先生很想说点赞同的话讨好这位高贵的夫人；却又左右为难，不知该违心称赞夫人的品味，还是坚守本心；是该多说几句讨小姐夫人们欢心，还是专心奉承一人。正犹豫着，旁边的埃德蒙乐得转移话题，举杯祝酒。拉什沃思先生并不是多话的人，但在这个话题上却还想多说两句。

“史密斯庄园的地面面积不超过一百英亩，这么小的地方，何必如此大动干戈。我们索瑟顿庄园有差不多七百英亩，这还不算水边的草甸。所以我觉得，康普顿庄园好好整整，应该不错。主屋旁有两三棵老树遮挡视线，砍了以后，风景一下子开阔了；我觉得，雷普顿或者其他园艺师也可以考虑把索瑟顿庄园里林荫道的树砍了：就是从西边一直伸到山顶的那条路，你知道吧。”他说话的时候一直看着伯特伦小姐，这位小姐觉得最好回个话：

“那条路！噢！不记得了，我对索瑟顿花园不太熟。”

范妮坐在埃德蒙另一边，正对着克劳福德小姐。她一直在专心听大家聊天，听到这话，抬眼看着埃德蒙先生，低声说道：

“砍掉林荫道的树！多可惜！你难道没读过威廉·柯珀的诗？‘啊，倒下的树荫，让我再次哀悼你们无常的命运。’”

他微笑着答道：“可惜这条林荫大道生不逢时，范妮。”

“真希望砍倒之前去看看索瑟顿庄园，看看现在的样子，这才是本来的样子；但我应该不会去。”

“你去过索瑟顿庄园吗？不，肯定没去过；骑马过去太远了，其实我也想去看看。”

“哦！没关系。下次我去的时候，你再告诉我有什么不同吧。”

“我想起来了，”克劳福德小姐说，“索瑟顿庄园很古老，也很气派。让我想想，是哪种建筑风格？”

“索瑟顿庄园的主屋建于伊丽莎白时期，面积很大，设计规整，用砖石砌成；看起来沉稳庄重，有很多漂亮的房间。可惜位置不大好，在园里地势最低的地方，并不适合改造。不过后面的树林不错，还有一条小溪环绕，值得好好打理一番。拉什沃思先生说得好，如果按照现代风格翻新一下，应该会很不错。”

克劳福德小姐恭恭敬敬地听着，心说：“他真有学问，一定能规划得很好。”

“我不想影响拉什沃思先生的计划，”他继续说道，“不过如果我的庄园要重新设计，绝不会假手他人，宁愿造得没那么美，也要自己做主，一点一点地改进；就算错了也是自己的错。”

“你当然知道该怎么弄；我可不行。眼力不够，又没有天分，除非实物就在眼前；如果我在乡下有个园子，巴不得有个雷普顿先生能揽过去，花多少钱就美几分；完工之前，看都不想看一眼。”

“我倒挺乐意看看进展。”范妮说。

“啊，你学过，我可没学过；只有一次改造的经历，搞得很不开心，想起来就是一堆烦心事。三年前，我那位尊敬的叔叔在特威克南买了个小庄园给全家消夏；我和婶婶高高兴兴地去了；园子很美，但还需要改造。结果那三个月，我们都灰头土脸的。没有碎石小路，没有椅子可坐。我以为乡下什么都有，灌木丛啦，花园啦，数不清的粗木长椅啦。好在不需要我操心，亨利和我不同，喜欢亲自动手。”

最简之道

树木、花朵和小鸟是威廉·莫里斯作品中的常见元素。他的房子都有花园，他常常待在花园里，几乎和在室内的时间一样多。其中，凯姆斯科特和红房的花园保存至今。1879年，莫里斯在伦敦做了一场名为“物尽其用”的演讲，列举了城镇居民打理房屋和花园原则，反对园艺设计师和植物育种商（当时称为花商）当中盛行的人工矫饰。

伦敦郊区的园丁，喜欢模仿风景区里难看的大花园，把自家花园里的碎石小路和草坪搞得奇形怪状，再种满规规矩矩的植物；对花园的规划毫无常识，不懂得最简之道。在我看来，首先要把花园围起来——如果够大的话——与外面的道路分隔开；然后在花床上栽些随意生长的有趣植物，任其天然长出复杂的植被，只要不把花园丢给花商，就一定不会失望，花商们只会让花园里开不出真正美丽的花朵。

花商们盯上了玫瑰，就追求尺寸，培育出包菜那么大的玫瑰花；他们追求花香，就会搞出各种香味——甚至包菜的香味；他们强调花色，就会培育出鲜艳得难看的花朵。他们扔掉了真正的玫瑰，扔掉了比其他天然花朵更妖娆、更娇嫩、更香甜的玫瑰，那被称为花中女王的玫瑰。假玫瑰赶走了真正的玫瑰，长此以往，我们的孩子们永远不会知道真正的西洋玫瑰多么可爱，没见过红玫瑰墨绿的茎叶和无与伦比的花色，不知道东方的希腊玫瑰穿越千里依然芬芳馥郁。

记得远离重瓣花。老楼斗菜要选择柔毛明显的，不要选重瓣花，否则花瓣很容易碎。尽量选择黄心的中国翠菊，与紫褐色的茎及同色的小花很相配，而不是目前流行的那种，假得像累赘的剪纸。雪花莲也要选单瓣的，重瓣虽美却不经开。向日葵也是如此，重瓣花颜色粗糙，显得臃肿；单瓣花开得比较晚，花儿四处生长，尖尖的花瓣围绕着图案奇特的花心，香甜的花蜜吸引着蜜蜂和蝴蝶，多么可爱有趣。

许多植物只宜猎奇，长相奇特而未必有美感。炎热地区植被丰富，就有许多这样的植物。尤其是丛林和热带雨林地区，并不适宜人类居住，人类只是入侵者，是自然的敌人。那里发现了许多珍奇的植物，只适合去植物园观赏，以便了解陌生的远方，千万不要种在屋前院后充当装饰。

另一个现象也是人心扭曲的表现，我简直羞于提起，那就是技术上所谓的“毛毡培植”。还需要我多做解释吗？算了吧，想起来都觉得脸红。

总的来说，花园无论大小，都该丰富而有序。首先要与外界隔开，而且不要过于模仿自然景观，过于刻意或者随意都不太好，最好与屋舍浑然一体。以此类推，私人花园无须太大，公共花园则要分成不同的区块，使草地和人行道上都有花丛。

想清楚需要什么样的花园，关键在于理解花园的意义。高山环绕的美丽地区，没有花园也行；平坦而平庸的乡间，花园不可或缺，往往是宅院的一部分。而在大城镇，私家花园和公共花园能使市民们生活规律、身心健康。

THIS IS THE PICTURE OF THE OLD HOUSE BY THE THAMES TO WHICH THE PEOPLE OF THIS STORY WENT
HEREAFTER FOLLOWS THE BOOK IT-SELF WHICH IS CALLED NEWS FROM NOWHERE OR AN EPOCH OF REST & IS WRITTEN BY WILLIAM MORRIS

毫无计划

威廉·罗宾逊讨厌“傻子”般的园艺专家——这里包括了大多数园艺专家。他拥护罗斯金和威廉·莫里斯，所著的《英格兰花园》一书中批评维多利亚时期流行用一年生植物毛毡培植技术打造奇异而鲜艳的花园——1845年英国提高了玻璃税，大大推动了这一潮流，毛毡培植可比用温室培育花苗实惠得多。罗宾逊还讨厌造型修剪，将其比作“削足适履”。他呼吁回归乡间花园，提倡栽种百合、玫瑰和芍药等色彩轻柔的多年生植物以及缀满墙壁的藤蔓。《英格兰花园》一书的结尾描写了他在萨塞克斯格拉维提庄园的花园。这本书出版于1883年，到1956年重印了十六次，是他最具影响力的作品。格拉维提庄园现在是一个豪华酒店，花园小了许多，但依然很美。

我要建一个自己的花园，花园里简简单单地种满了我喜欢的植物。土地是最简单的花床，方便栽种，除走道外，不浪费一尺空间。我做着据说古亚述国王和中世纪城堡主夫人们曾经做过的事情——将有限的土地简简单单地划成几片花床。我的花园毫无计划，也无须参考别人家的花园，一切都由空间本身来决定，一切关于空间风格的讨论都是谬论。花园建成后的某一天，一位小姐来到了我的花园。她曾经读过一些关于花园规划之类奇奇怪怪的书，走进花园，全不在意温柔的玫瑰与康乃馨，对我说道：“哦，你也有一个规划合理的花园！”不知尼布甲尼撒和中世纪女主人怎样看待

愚蠢的人们妄议自己的小小花园，却不关心盛开的鲜花！

花园做好简单的平面分隔之后，下一步就是设置走道。走道一般用克莱登碎石铺成，不过真正的花园里就连仲夏和一月都忙个不停，而碎石走道并不适合劳作。因此，我在平面图上走道的位置铺上了半磨损的老伦敦砂岩，这种岩石以前都用来铺路基，价格也不贵，但全年的工作就省心多了，沙子、肥料和植物都能摆在走道上，不会显得不协调。如果打算靠移栽植物，一周堆出一个花园，那怎么做都无妨；但真正的花园不能这么建，需要有多种多样的生命。随处摆放的不规则岩石，只可陷入沙地，不用水泥灰浆。

另一个麻烦是篱笆，花园的篱笆必不可少，建设和打理都很费功夫。如果用黄杨木等树种做树篱，不仅滋生蚊虫，而且藏污纳垢，所以我们干脆用老伦敦板石做了石头篱笆。把板石切成十英寸左右大小，砌成边界很方便，一年四季看起来都很舒服，而且寿命更长久。这样一来，园丁也少了无谓的劳动，可以静心思考花园之美。选择植物不仅要考虑多样性，还要高矮搭配，有立体感，而不像平常的花园那样平坦冷硬。

另外还可以在花园里种些多年生植物，不必像伦敦和巴黎的大花园，一到秋天就拔光花圃，种上来年春天开放的花卉。我们的草地和树林里春花烂漫，篱笆外边还有美丽的南庭荠，没人会为了夏天的繁花而扰乱花圃；冬天也不会拔掉香水玫瑰和康乃馨的枯枝，大可期待夏天的盛放。花园之美经不起一两年一次的打扰，长长久久对花园至关重要，直到花土厌倦再更换植物。一个长久的花园，比起一年两次重耕省却了许多辛劳。

我的两个花园位于不同的水平面，但都紧紧地围绕着主屋。古老的大门正对着小花园，西门则面向大花园。花园理当是另一个客

厅，虽然有时难以如愿，但最好莫过如此。珍贵的花儿都盛开在房子周围，我们可以直接地享受、欣赏和采集鲜花，无论天气如何都能走在石头小道上……房子的南面比较温暖，值得好好利用，阴冷的一面则用于出入。

狂喜之泪

雷金纳德·法勒是一位古怪而热忱的园艺师和植物收藏家，毕业于牛津大学圣约翰学院。他曾远赴阿尔卑斯山和喜马拉雅山，穿越日本和中国，搜寻稀有植物。他家住约克郡克拉珀姆附近因格尔博罗庄园，其中建有一座壮观的花园，用猎枪把种子射进周围峭壁的石缝，种了不少独特的植物，至今仍能参观。他热爱阿尔卑斯山，推动了岩石园艺大热——岩石园艺的说法来自他的作品《我的假山庭园》（1920年）；他是个纯粹主义者，明确指出了假山庭园该有、不该有哪些植物。

建设一个完美的假山庭园需要先做规划，目前有三种主流做法，但都不够好。第一个我称之为“杏仁布丁”，先砌一个圆形的花坛，堆上土，插一块尖尖的石灰岩，尖头朝天，看起来像一个点缀着杏仁的葡萄酒蛋糕。这样一头大豪猪养不活任何植物，只能长些威尔士罂粟、通草和难看的景天。第二种做法可谓“狗坟”，比前者高级点儿，还种上了高山植物。大体形状和“杏仁布丁”差不多，但“狗坟”上面是平的，能长植物，看起来中规中矩，和大自然格格不入，最好放弃。第三种是“恶魔的膝盖”，因户外花园开始人工种植高山植物而盛行一时。格拉斯奈文和爱丁堡的花园都是这种风格的典范。做法很简单，成百上千辆车拉来一大堆四四方方的光石头，到处扔上几堆，然后在石头间种些植物。这样的花园一

片混乱，丑陋无比，想起来就肉痛。

苗木工人有时仍然会这么做，所以喜欢花园的人建造假山庭园的时候，一定要全程监工，完全按照自己的设计来建造。指望一个没学过设计的苗木工人建出真正的假山庭园，和谐有序又透着灵气，还不如指望泥瓦匠修一座辉煌的宫殿。修建花园和修其他建筑一样，都需要知识和规则，假山庭园的建造者和房屋建筑师一样具有专业素养，只是分工不同罢了。

假山庭园的设计建造有哪些规则呢？只有一条：有想法，并坚持下去。让你的花园逐渐成形，表达特定的意义，而不是石头的简单堆砌。按照规划逐渐成为溪壑、石坡、石山或顶峰，什么都好，但必须事先规划。假山是对自然风光的模仿，想成功就要复制自然界的某些特质——什么特质都可以选。邱园（英国皇家植物园）就是一个很好的例子。邱园中设置峡谷风光可能显得有些单调，但当地气候使峡谷必不可少，于是邱园里设计了变化多样的有趣峡谷。威尔莫特小姐在布伦特伍德附近的沃利庄园有一个花园，园中的峡谷设计也很值得玩味——虽然我觉得太粗暴，还不够美好，但很明确地体现了设计意图。

日本人极善设计山水园林，直教人跪倒膜拜。日本的花园完全没有陷入神秘主义和象征主义的无边深渊，热爱花园的人看一眼就会忍不住流下狂喜之泪，那里没有扭曲，没有畸变，没有不谐，只有转角的风景——一条石沟，几座小岛——一个小小的角落描绘著名的风光，如此和谐，如此完美，身在四尺庭院，便拥有了半座大山。

甜美的花园

格特鲁德·杰基尔一生写过十三本书，去世时享年八十九岁。如今，她的园艺自成一派，关于园艺的著作以深邃的思想和独特的表达而著称于世。她为《乡村生活》杂志写过很多文章，这篇写于1911年，描写了一座一年四季芳香甜美的花园。

建造一座芳香出众的花园，想法并不新鲜但做法各异。花园的某一个角落，不仅美色惑人而且芬芳怡人，想起来就令人愉悦；台阶上迎来甜香——随着风向的改变，吹来迷人的气息。说起来，有三种不同的方式让花叶散发清香。

首先，某些植物会自然地释放香味。只要从旁边经过，就会闻到轻风带来的芬芳，或在空气中静静地弥散，例如灌木中的野蔷薇、杜鹃花、岩蔷薇和忍冬（金银花），围墙边的壁花、重瓣紫罗兰、木樨草和紫罗兰，三种最大的百合（包括纯洁庄重的白百合、日本的金光百合和巨大的大百合），等等。还有一些低矮的植物也不能忽略，例如全年各种芳草之中，野草莓枯叶的气味最好闻，有些刺激，但微妙、神秘、难以捉摸，很是宜人。玫瑰香味不算浓，露天之下很快散尽，但一盆切花玫瑰的花香足以盈满房间，难怪培根说她们“芬芳四溢”。喜马拉雅山上的野玫瑰是唯一的例外，这是许多现代玫瑰的母株，暖白色的花朵与荆棘花相似，花盘都不大，一簇簇开在嫩枝尖上，香远而益清。绣球藤不算以香味著称的植物，但全盛之时花瓣微褶，散发出香草般的气息。

其次，有的植物叶子很香——花香也甜蜜——这种香味并不会自然地飘散在空气中，但摸过之后手有余香，例如灌木中的迷迭香、薰衣草、月桂、香杨梅、蜡杨梅和高山杜鹃，不耐寒的植物有天竺葵、马鞭草和麦加樟树，此外还有各种香料之类的植物，包括：香蜂花、马郁兰、百里香、香薄荷、鼠尾草、海索草和杂色薄荷；有一种菠萝薄荷常用于花园，但容易忽略。再次是大部分芳香植物，稍加留意就可注意到它们的气味，例如玫瑰、康乃馨、芍药、天芥菜、茉莉、香豌豆和铃兰等，这里仅举几例，并不是完整的名单。

甜美的花园应当有双重的边垄。通往凉棚或凉亭的青青小径，长满了忍冬和茉莉，小径上铺着百里香，为了耐磨还可以混上铁线草和牛毛草，修得短短的；边垄上种着野蔷薇和两种木樨科植物，即桂林岩蔷薇和岩蔷薇。草地边容易蹭到脚或裙子的地方，要种上百里香、东香薄荷、鼠尾草、檀香艾、猫薄荷和海索草。鼠尾草往往种在边垄上或者假山庭园里，灰色的枝叶，亮紫色的花朵，和当季的任何花卉一样美好。

边垄上的主要植物是玫瑰、百合、芍药、羽扇豆、郁金香、芝麻菜和水仙。其中最香的是诗人们的水仙，无论单瓣还是复瓣，无论香水仙还是多花水仙，无不沁人心脾。不耐寒的植物有天芥菜和香天竺葵，还有许多一年生植物，包括香豌豆、木樨草、香芙蓉、夜来香以及一些壁花和低矮的庭荠之类的植物。木樨草需向阳而种，阳光催发着香气。夜来香（夜香紫罗兰）应随意地种在空地上，花儿很小，看起来并不漂亮，不一定要种在显眼的地方；直到日落之后，入夜时分，才静静散发出迷人的馨香。花烟草同样如此，虽然花盘大点儿，但并不以花色见长，待到夜间，花瓣舒展才脉脉散发清香。薰衣草和迷迭香亦不可缺少，毛管花初长成时香味最浓。

如果有一面墙或者木篱笆，就应该种上腊梅，冬天开满小小的香花。如果花园气氛肃穆，园子尽头还有消夏的小楼或凉亭，那就更好了；不妨铺上小径，任蔓生的野百里香四处爬上来，踩在脚下特别过瘾。甜美的花园也可以规划一些随意的线条，以便展示清香的灌木，例如木兰和杜鹃花、瑞香和迷迭香；灌木之间只容一人擦身通过的狭窄过道边，四周生长着迷迭香和高山杜鹃，尤其还有蜡杨梅（蜡香桃木），叶子碾碎磨破后散发着无与伦比的芳香。

Chapter 3 

实用园艺

本文集的第三部分描述了挖掘和种植的实际操作，歌颂了职业园艺家、业余园艺师及园丁们的劳作。园艺很愉悦，也很严肃。

东坡种花

这首中文诗写于十二个世纪以前，至今仍引起许多现代周末园丁的共鸣，人们总想通过最少的努力，获得最多的享受。白居易生于公元 772 年，公元 846 年去世，是中国唐朝的一位官员和著名的诗人，《东坡种花》是他任江州司马时所作。

持钱买花树，
城东坡上栽。
但购有花者，
不限桃杏梅。
百果参杂种，
千枝次第开。

天时有早晚，
地力无高低。
红者霞艳艳，

白者雪皑皑。
游蜂逐不去，
好鸟亦来栖。

前有长流水，
下有小平台。
时拂台上石，
一举风前杯。
花枝荫我头，
花蕊落我怀。

独酌复独咏，
不觉月平西。
巴俗不爱花，
竟春无人来。
唯此醉太守，
尽日不能回。

满施肥

瓦拉福里德·史特拉伯的《豪特斯花园》(又称《小花园》)是最早、最实用的园艺文学作品之一。史特拉伯是9世纪法兰克的一名僧人，也是一位神学作家，后来做了博登湖附近赖兴瑙修道院院长。据《豪特斯花园》所记，他在自己的花园里高设花台，园中的植物各有用途；本文由R. S. 兰伯特译成英文。

隐居生活最快乐的莫过于园艺，不管花土多沙还是多泥，在山丘还是斜坡，都没有关系。好园丁永远充满热情，从不懒惰，不在意双手的厚茧，推着满满一车粪肥，倒进焦渴的土地，再铺平犁整。

冬天已去，春天翻新了大地，白昼渐长，日色温和，西风唤醒花草，树木穿上绿衣，我的小盆里也长满了荨麻。我该怎么做？土里的根系紧密缠绕，互相缠结，像一个编织品，又像紧缠的羊栏。瞧我的！我带上锄头和耙，挖开土块，分离粘连的荨麻根，整块留在太阳底下烘烤。烤好了就用结实的方木围起来，把土堆高到合适的高度，浇上粪，耙松地，撒下种子，每一颗种子都在温柔的月光下吮吸着露水。为了不把种子干坏，还得再浇点水，我提着满满一桶水跑来跑去。水壶直接喷水对幼苗不好，我就拿手掌当筛子，均匀喷洒。不久，整个花园披上了新绿，只有屋檐下那一片阴地干巴巴的，没有长出什么植物；还有些地方，高墙挡住空气和日光，即

使如此，那里终有一天也会长出小小的生命。

香料中我最喜欢鼠尾草，气味芬芳，为饮品增添风味，还有一定的药效。其次是芸香，蓝绿色叶子，短茎的花，适宜种在阳光和空气充足的地方，能驱散异味和解毒。有一种青蒿的叶子像卷曲的毛发，据说能降烧和愈合伤口，叶子也很有用。

南瓜须四处蔓生，盾状的叶子洒下厚厚的阴影，像葡萄藤依附榆树一样伸出长长的卷须，爪子般缠着赤杨。每个节上有一个卷须，每个卷须又有两圈螺旋，这样就有了攀爬的双手，像老姑娘用锭子纺线，把宽宽的线绕成线团。多美的果实啊，巨大的南瓜挂在细细的茎上，等着慢慢变硬，就能储存一蒲式耳粮食，或者在里面涂上树脂，还能装满满一壶酒。软软的南瓜也可以吃，先切片，再用猪油煎熟，就是一道美味的甜点。

甜瓜也长在附近，不要选长条形的，而要挑种大小介于坚果和鸡蛋之间的椭圆形瓜果，像拿球一样掂在手里，小刀切开，汁液和瓜籽一起流出，香甜的白汁挑逗着味蕾，软软地入口即溶，几乎用不上牙齿。

苦艾可以治疗发烧和痛风。头痛的时候敷一片浸湿的苦艾叶子，就觉得好多了。薄荷虽苦，气味却很香，趁热喝杯薄荷茶，可以解继母下的毒。茴香的气味和口味都不错，还有明目之效。

剑兰也好，像风信子和深色紫罗兰一样，是春天的紫色荣耀，入药有利于膀胱疾病，洗衣可以漂白衣物。罂粟有着神奇的传说，据说女神得墨忒耳找不到女儿珀尔塞福涅，只能喝下罂粟汁麻醉自己。

背阴的花垄上长满了草药，其中有不少鼠尾草，能驱赶水蛭，还能酿造啤酒。我还种了许多不同品种的薄荷，到底有多少？大约像埃特纳火山下硫化池里的火花一样数不清。

谁知道百合有多白？此外还有玫瑰花，合该戴着阿拉伯半岛的珍珠和吕底亚的黄金皇冠，比其他植物更甜更美，堪称花中之花。教堂里常常用玫瑰和百合作装饰，一个是殉道者的鲜血，一个是其手中的圣物。哦，姑娘，摘一朵吧，玫瑰代表战争，百合代表和平。《圣经》曰，耶西的根上开出花朵，撒播与栽培人类最古老的种子，圣人生前的言行是百合，死后染红了玫瑰花床。

THE
HERBALL
OR GENERALL
Historie of
Plantes.
Gathered by John Gerarde
of London Master in
CHIRVRGERIE.
Imprinted at London by
Iohn Norton.
1597

雏菊与紫罗兰

实用主义园艺师大都善于观察，富有求知欲。伊丽莎白时期的约翰·杰拉德医生在著名的《草药集》(1597年)中描述了许多植物及其用途，包括奥克尼藤壶树(据说藤壶从树上掉入水里，孵出黑雁)，还首次提到秘鲁泽芹和马铃薯。我从书中选取了对两种植物的描绘，分别是花园里最谦卑的雏菊，以及因香味而备受宠爱的紫罗兰。

小雏菊

雏菊从根须上生出许多叶子，叶子光滑肥厚，又长又圆，边缘微有锯齿，大多垂落于地。细长的茎顶着小花，从叶子中间冒出来，有点像甘菊，但花更小，花色纯白。复瓣红雏菊也是如此，只是开出了红花。花园里种的一般是复瓣雏菊，其他的品种都长在野地里。不同地方对这种植物有不同的称呼，有人叫它玛格丽特药草，法语中叫玛格丽特花，英语中叫戴西花。也有人谓之疗伤花，据说有缓和伤痛的功效，可以缓解关节痛和痛风，只需要捣碎和淡黄油混合敷在痛处即可，加上锦葵效果更佳。叶子和根中提取的精油，吸一吸提神醒脑；混到牛奶里给小狗喝，可以阻止它们长太大；痛处抹上捣碎的雏菊叶，可以缓解伤痛、舒缓肿胀；汁液滴入眼睛，可以明目滋润；煎服可治疟疾。

紫罗兰

紫罗兰是花园中的君王，不仅芬芳宜人，远胜群芳，而且宜于装点，气质优雅：可以编成花环戴在头上，小小的花束赏心悦目，芳香沁人，更兼品质谦虚；紫罗兰装点的花园多么美丽优雅，人们在此放松心情，也变得美好而正直；花儿多么动人，色泽缤纷，形态精致，带着自由与温柔，令人想起诚实、优雅等一切美德，含花饮露的人儿怎会有一颗肮脏、扭曲的心灵。

大胆地把橘子树移出去

约翰·伊夫林是17世纪最权威的园艺作家。他根据伦敦皇家学会的要求创作了《林木志》(又称《森林志》),这是一本关于树木和林地的著作,致力于改善栽培、保育用于海军事业的木材。他历经英国历史上几个动荡时期——内战、英荷战争、伦敦大瘟疫和伦敦大火,园艺始终是他的最爱。书中详尽描述了欧洲大陆和英国的花园,将其理念运用于赛斯花园的设计。赛斯庄园是他在伦敦的大别墅,在德特福德附近泰晤士河岸的皇家船厂旁边。他详细描写了花园的设计及其维护,可惜最终没能完成《极乐世界不列颠》这一园艺巨作。

我从伊夫林最实用的书《园艺师年鉴》中摘录了此文,文中介绍了五月、六月花房和七月果园的工作,一切辛劳都有回报:本文最后是令人口水直流的八月果实成熟清单。

五月花房事宜

大胆地把橘子树从温室里移出去;这是唯一一个可以移栽、移除橘子树的季节:箱子装上天然土(就是从最好的草地下取半箱土),与恶臭的牛粪或先前准备好、过滤好的成熟土壤混合;如果太硬就撒点石灰,再拌上腐烂的柳树枝。根须太多就剪掉一些,尤其是底部,再移栽植物;不要栽太深,露出一点根也无所谓,最后加适量粪水(几天前浸泡在牛粪或羊粪里,在太阳下晾晒搅拌出来的粪水);不要一桶灌完,一天天慢慢来,粪水不要碰到茎秆,在

箱子底部放入石灰石、卵石、贝壳、枝条等，留出一条水道，保持土壤松弛不积水，以免腐蚀箱子。移好后在背阴处晾两个星期，再移到阳光下。

室内植物（你认为不需拿出去晒太阳的植物）的土壤表面也要换上新土，再用叉子翻一翻下面的土，不要伤到根：营养丰富的土留在里面，有利于吸收，保持植物舒适：如果养在家里，也要像种在土里一样保持洁净，这是园艺师之间公认的秘密。

正午后为康乃馨和桂竹香遮阴；满月时在花坛里种上紫罗兰。

继续给毛茛浇水；把雁来红移栽到更大的空间；播下金鱼草种子；收集有用的海葵种子，干燥保存；球茎植物的花球干了也可以用同样的方式剪下保存。

五月底把自然风干的郁金香花球剪下来，免受烈日暴雨。

六月事宜

移栽秋樱草正当其时，否则不如任其生长。收割鸢尾。采集成熟的花种，包括红风信子、水仙（有两种小型的、带点青色的白水仙是不同的品种）、耳状报春花和毛茛等，干燥保存；下午为康乃馨遮挡阳光。

开始栽种紫罗兰。月底收割珍稀的海葵，把根晾干。六月中播下茉莉、玫瑰等美丽灌木的种子。

播下一点海葵种子。收割剩下的郁金香球根，花床上裸露的根赶紧埋起来，或者种到阴凉的地方，用水给暴晒的花床降温。盆里稀有的日本水仙也要浇水。第一年不要让轮峰菊结果，也移栽一段时间，第二年花会开得更好。还可以把不适应地面高温的植物根茎挖出来，赶紧移走，例如早熟的樱草、红风信子、一些球茎植物、风信子、鸢尾、贝母、花贝母、头巾百合、蓝壶花和尖牙等。

七月果园事宜

种生菜和小萝卜，就有蔬菜沙拉吃了；播种晚熟的豌豆，米迦勒节后六个星期就能吃。

给新种的乔木浇水，修剪杏树和桃树，只留下合适位置的嫩芽，老的不去新的不来。挂在墙上的果树也要剪掉多余的叶子，以免遮挡阳光，但要小心修剪。

让菜园（果菜园）留下来的香料结出果实，保存下来以待来年。月末看看葡萄园，不要让第二接口处生长力旺盛的枝条耽误了果实的生长。

移走五月种的甘蓝，秋天能长出世上最好的甘蓝。

啤酒加蜂蜜会引来黄蜂和蝇虫消灭果园，在罗马红蟠桃等果实附近挂上酒瓶，足以毁灭香甜的果实；虫子们正大举侵蚀最好的果子。

在墙边的树叶上找找蜗牛，它们喜欢黏在果实上方；不要扔掉有虫眼的果子，否则它们又会蛀坏另一个。

八月成熟的果实

苹果：粉红女士苹果、克汉姆苹果、约翰苹果、接合苹果、坐垫苹果、香苹果、五月花和羊鼻苹果。

梨：温莎梨、元首梨、柑橘梨、佛手柑梨、滑梨、红凯瑟琳、凯瑟琳国王、丹尼梨、普鲁士梨、夏日爆破、糖心梨、贵族梨。

桃：罗马桃、人形桃、柑橘蜜桃、兰布莱绵羊、麝香桃、大康乃馨桃、葡萄牙桃、皇冠桃、波尔多桃、谢弗勒斯、果桃、甘蓝桃（持续到米迦勒节）。

油桃：穆洛伊油桃、茶桃、红罗马油桃、小绿油桃、刺串油桃、黄油桃。

李子：皇室蓝、白枣、黄梨李、黑梨李、白豆蔻、晚熟梨李、大安东尼李、土耳其李、简李。

其他水果：刺串葡萄、麝香葡萄、科林斯、红玉髓、桑葚、无花果、榛子和甜瓜。

植物的骄傲

18世纪植物学家伊拉斯谟·达尔文和他那位著名后辈查尔斯·达尔文一样富有科学家的好奇心，其真知灼见产生了深远的影响。著作《植物园》共650行诗，写于1791年，有大量注解，描述了许多自然现象，包括电、太阳辐射与火山的关系等，甚至还记载了火药的成分。1759年乔治三世在邱园新造植物园时就借鉴了本诗，达尔文在诗歌末尾赞美了这个植物园。

泰晤士河边的皇家邱园，

在植物的骄傲中加冕；

平坦的国度吹来温顺的帆船，

为她带来无名的溪泉；

随侍仙女听到她动人的指令，

温柔的怀中哺育娇嫩的时节，

种下花球，撒播新种，

扶正茎须，支撑幼苗，

为玻璃殿堂里的奇花异草
送来暖风，再用春雨浸泡。

泰晤士河穿过热带的树荫，
极地花卉向清波弯腰的倩影；
饮尽春色，深吸无名的甜香，
便将科学之子召入深谷心乡。
大自然的眼睛也闪耀着仰慕，
不一样的天空下都是果肥叶茂，
鲜艳的花朵在芳枝上缠绕，
编成花冠戴在乔治王的眉梢。
——皇室成员偶然偷闲片刻，
远离公众的事务和职责；
肃穆的脚步穿过林间异国风情的小道，
看着不列颠的气象越来越好；
美色盛放，美德闪耀，

嫁接的枝条也节节攀高；

玫瑰花开，高大的橡树舒展迤逦，

荣耀和庇佑着不列颠的金色土地。

除了这篇颂词，达尔文的诗歌注解也值得一读。

许多植物晚上似乎不呼吸，而像冬天的休眠动物和昆虫一样熟睡，例如含羞草睡觉时合拢上部的叶子，隔开光和空气；很多花朵向内合拢花瓣或者光滑的一面，因为那里有它们的呼吸器官。

植物汁液的吸收循环充分表明植物具有感应性；敏感性可见于两性靠近时；睡眠时暂时放弃自主意志，植物也会睡眠表明它们拥有自主意志；很多植物在寒冷、下雨、黑暗或人为暴力中会收拢花瓣或叶子正体现了这一点。

林奈把芽和球茎称为植物冬天的摇篮，专业术语叫“离体冬芽”，种子也适用于这一术语。在温暖的气候中，鲜有植物冬季生芽，植物的生命轮回在一个夏季就能完成，所以冬天发芽并非必要；在寒冷的气候中，有些植物同样不发芽，如山梅花、欧鼠李、木绣球、常春藤、石楠、龙葵、芸香和天竺葵。植物的球茎是另一种冬天摇篮（冬芽），黏附在枝干底部，多年生草本植物有球茎，它们的植株非常柔弱，难以抵御寒冬。

根据黑尔斯博士的实验，一株三英尺半高的向日葵一天蒸腾水蒸气约两品脱，与表面积的比值是动物的数倍；由此推断，植物光合作用释放的空气超过了呼吸时吸收的空气，因此白天可以改善环境的空气质量，泛白的植物会在阳光下变回绿色，其速度快于动物的表皮在阳光下变黑。

皮奥夏的雾

威廉·柯珀在《任务·第三卷》中描述了种黄瓜的经历，显然此人是一个亲力亲为的园丁和园艺爱好者。本文以最巴洛克的方式重现了建造温室的过程。皮奥夏是希腊地名，那里的平原上浓雾笼罩。

培育多刺的绿衣葫芦，

多么清爽可口，在严寒的冬季，

多么珍贵，令人垂涎，其他都不值一提——

简单的平民食物——这是一门艺术，

长年的劳作换来一季成熟……

马栏里粪土成堆，

撒上快速发酵盐，

热度足以抵挡寒风。

榉木和榆树落叶之前，

幽暗的十一月正在

搜索蛰伏的植物，

呼吸着冷风，他开始劳作。

小心翼翼，唯恐不够仔细，

终于找到了一个好地方，

就地堆起了温室的田垄，

正对太阳炙热的金盘。

背后遮挡着墙、芦苇或树篱，

细细密密，透不过风。

他先铺开干燥的蕨或干草，

以免受潮；随意铺下，

灵巧的手轻轻地摇，

还要叉开浸湿的草，

最长的草扎住最短的草，

边角扎得干干净净，

立起来围成好大一圈，

铺满房檐护着地基。

屋架的关节处处精巧，

四周装上透明的玻璃，

接着安置屋顶的斜坡，

大雨倾泻时落下窗棂，

雨水顺着斜坡流走，

他关上窗户，劳作告一段落。

大地躁动不安、喋喋不休，

围着轴心转了三圈，

温暖才缓缓地汇聚在雾中，

穿过方块的田畦

扩散，到达地面。看！

致命的水雾侵蚀万物，

飞速蒸腾，如皮奥夏的雾，

浓浓凝结在带露的窗棂；

终于找到了出口，沉闷的、

湿透的温室大口呼吸。

铺天盖地的水雾缓缓地滚动，

阴湿，净化，欢欣地

远离污秽。为了缓和

最初的恶臭中孕育的不安热情，

免给幼苗带来死亡的威胁，

最好谨慎地延缓栽种。

经验是久成的老师，总是在

失败中指出荣耀的大道，

激励他，劝诫他，

抓紧吉时，趁着最宜生长的温度，

柔和地发酵，

让种子发芽。

种子要仔细挑选，圆满光滑，

富有光泽，种进一个小花盆，

填上准备好的沃土，

一切已珍藏良久。

金鱼草开花了

托马斯·杰斐逊曾于1801年至1809年任美国总统。他热衷于从花园中寻找灵感和慰藉，不仅起草了《美国独立宣言》，还将橄榄和稻谷引入南卡罗来纳州，并发明了一种新犁。他熟悉各种植物，善于培植育种。1786年杰斐逊环游英格兰时，参观了亚历山大·蒲柏的特威克南花园、查尔斯·布里基曼的斯陀花园、威廉·申斯通在什罗普郡理兹威的花园、威廉·肯特的布伦海姆花园，并做了详细的笔记。这些经历塑造了他梦中的花园，杰斐逊退休后就在蒙蒂塞洛建造了一个花园。

杰斐逊早年就开始作园艺记录，记下了每年种的植物及其生长情况。以下是1767年前三个月的记录，那年他二十三岁。

2月20日	播种一畦早熟的豌豆和一畦中等豌豆
3月9日	两畦豌豆发芽了
3月15日	栽五畦芦笋，每畦四排
3月17日	播种一畦早熟的豌豆和一畦最晚熟的豌豆
3月23日	紫风信子和水仙开花了；种两排芹菜、两排西班牙大葱、两排莴苣
4月1日	3月17日种的豌豆长出来了
4月2日	播种康乃馨、石竹、万寿菊、千日红、耳状报春花、复瓣凤仙花、雁来红、荷兰紫罗兰、含羞草、鸡冠花、像

	王子头饰上羽毛的花、香豌豆、丁香花、鹰爪豆、雨伞花、月桂树、扁桃树、辣椒、鹅莓插条
4 月 4 日	栽玫瑰条、蜀葵和羽冠花
4 月 6 日	栽百合和野蔷薇
4 月 7 日	栽草莓根
4 月 9 日	播种三排芹菜、两打莴苣和两个小萝卜。缎子花全开了
4 月 16 日	美洲石竹开始开花
4 月 24 日	2 月 20 日种下的早熟豌豆上餐桌了
4 月 25 日	芦笋三英寸高了，长出了枝条。四十株羽状风信子开了，美洲石竹也开了，石竹正开放，缎子花也开着，这种花很一般
4 月 27 日	播种莴苣、小萝卜、西兰花和花菜
4 月 28 日	鸢尾花刚开了！草莓熟了。这是 1766 年夏天种的草莓第一次结果，每株平均有二十颗草莓，一百颗就是半品脱。3 月 17 日种的早熟豌豆上桌了。2 月 20 日种的豌豆最晚四天内要熟了。金鱼草开花了

杰斐逊的信也体现了对园艺设计和植物栽培的浓烈兴趣。他给著名的植物学家和植物收藏家威廉·汉密尔顿写过很多信，汉密尔顿比杰斐逊更早游历过那些著名的英国花园，并受此影响在费城斯库尔基尔河边伍德兰兹建起了壮丽的公园和花园。杰斐逊在写给他的信中描述了建设蒙蒂塞洛花园的计划，请汉密尔顿帮忙。

华盛顿，1806 年 7 月

致威廉·汉密尔顿：

7 月 7 日的来信收到，谢谢你送的植物，希望很快就能收到。你去年送的合欢开花了……以后，可能两年后，我会再向你要一些金合欢种子，你之前给过一些，但我不在家的时候养坏了。我记得你的温室里有一种香味很好的植物（香味应该是从含胶的嫩芽里发出来的），种在花盆里估计有几英尺高，你说只要在温室里就能生长，还说如果我想养可以送我一株。但我完全想不起名字了，不知你能否从众多收藏中想起是哪一种，都怪我没记清楚……

这次任期届满，我打算退休，把全部心思放在家里。我已经在修房子，今年就会完工。退任回家后要好好把土地整一整。我特意推迟到后年秋天才去整地，让外面的树适应冬季。

我想建个英式花园，但施工比较困难。那块地在山的北面，山高三分之二处，占地约三百英亩，脚下一英里处有一条河，大小和斯库尔基尔河差不多。山太陡了，没法直接爬上去，我们就从山侧的平道慢慢往上走，这条道环山而上，与其他几条上坡的小道交错而行。小路在原生的林间静静地延伸，周围是壮阔的灌木丛，我不敢造次，只因砍树容易种树难。山上三分之一处大多是空地，只有南面密密地开着一大片金雀花，比阳光更能带来冬日的欢欣。你可以想象，这样的一块地很难让人想起什么园林之美，什么富于变化的山头河谷，只有奇形怪状的洞穴和山脊，令我不知所措。如此独特，实难治理，需要比我天才得多的风景大家和园艺大师才能因地制宜……我知道你的身体不宜远行；但如果哪天你有心出来走走，没有什么比设计蒙蒂塞洛花园更能带来乐趣，我会看着你把伍德兰兹花园的品味（伍德兰兹花园是美国唯一能和英国花园匹敌的园林）灌注到这片新的土地。

杰斐逊在蒙蒂塞洛度过了好几年快乐的时光。1811年，他六十八岁了，在给查尔斯·威尔森·皮尔的信里道出了园艺对他的意义，皮尔曾在二十年前为他画过像。

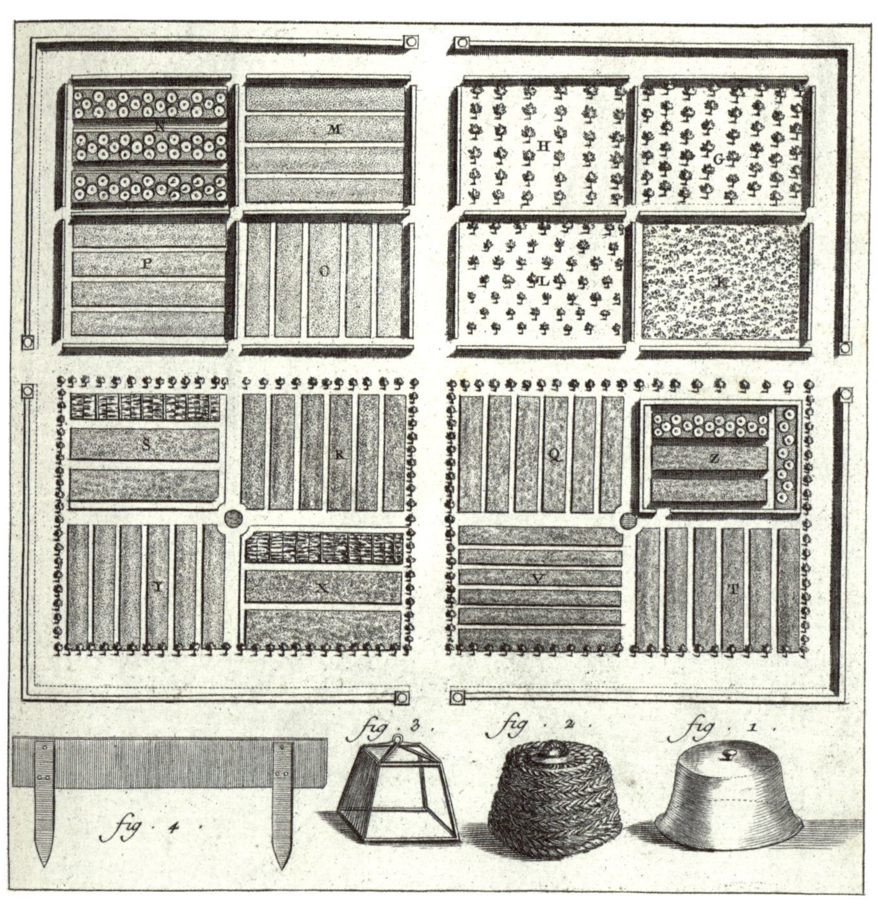

我常想，如果上帝给我一个机会选择自己的职业和使命，我一定会找一片肥沃的土地，水源充足，近旁就是集市，可以随时卖掉园子里的产出。没有比培育土地更动人的工作了，没有任何文化可以和园林相比，生机种类繁多，永远不够完美，一时的失败总有其他收获来弥补，一年不止一季收成，而是全年的丰收。即使不为家人果腹，内心的渴望依然驱使着我投身花园。我虽年老，却仍是年轻的园丁。

农艺大师

菲利普·约克一家的埃迪格庄园在克卢伊德郡雷克瑟姆附近，地理位置非常偏僻，但他们一家和庄园里工作的人们关系亲密。19世纪80年代，菲利普·约克为其中许多人画了肖像画，并配以诗文赞美，使他们永存诗画里。这些人来自不同的行业，从厨师到清理蜘蛛的人，应有尽有——当然，其中也包括园丁。

这是园丁詹姆斯·菲利普斯，

一位农艺大师，

最初只是个花园小工，

后来打造了整个梅园，

园子方圆不过几英里，

每一寸土地都很在意。

花园是他最大的欢愿，

在他眼中如同伊甸园。

他自认为人老派，

觉得洋名儿不太可爱，

总把“季度大会”说成“季豆代会”，

“啤酒”说成“牌酒”，

有一种玫瑰叫“约翰的荣耀”，

却被他说成了“优翰的浓耀”。

不建温室也是他的教导，

总是说老一套就够用了。

有一个朋友邀他去

海滨的里索威城堡聚一聚，

于是他请了一天的假，

打算去城堡瞧一瞧。

可他对城堡全无兴趣，

评论的话只说了一句：

参观完城堡的花园，

说那儿有“一片好水面”……

过去整整四十三年，
他的名字响彻花园：
多亏他的精心照料，
我们的花园肥沃丰饶：
来访的人们赞叹不止，
从没尝过这么可口的梨子，
那是他培育的“冬丽梨”，
在当地比赛中勇夺第一。

这位忠诚的培育者，公正而真诚，
他安眠于此，享年五十八岁整，
1882 年离开人寰，
如一束倒下的玉米或小麦秸秆；
当身躯像“空壳的谷粒”般埋葬，

银行里却留下了四千英镑，

我们努力寻找他的近亲爱人，

最后把钱交给了他的一个外甥。

园丁的暮年

罗伯特·路易斯·斯蒂文森自幼喜爱花园，然而直到1890年在萨摩亚群岛上的维利马镇定居下来后，才清出房子周围的一片荒地，开始积极地从事园艺。本文选自《回忆与肖像》(1887年)，文中怀念了一位名叫罗伯特的苏格兰老园丁。

老人的出现给这块贫瘠的现代花圃平添了些许古风。他身形很高，有些佝偻，却不失尊严，满脸的皱纹流露出内心的热望，不禁令人想起堂吉诃德，不过是堂吉诃德历经波折、完成了誓约试炼的样子……

他站在花园里，像一座守护神。花园里铁线莲茂盛地开在岩石间，小道成荫，西北角一眼望去是一片辽阔的草地，而他那瘦弱的身躯、破旧的草帽亦与这山坳间的花园浑然一体。花园和园丁，谁也离不开谁。我第一次见到罗伯特的时候，他年纪很大了，常爱倚老卖老地说，“我老了，搁这儿好多年了”；此话一出，后面的话，谁也不敢反驳。

老人早已是耄耋之年，除了年龄算得上优势，其他都比不上年轻人。园丁的活计力有不逮，只得缩小了园地。可惜比起他的尊严和风范（虽然不比从前），这个花园实在小得不像样子。他年轻时见过大世面，城堡和宫殿的往事信手拈来。那时，他目光一扫，其他园丁无不瑟瑟发抖，花园里的池塘和天鹅饲养场，迷宫般的小道和伤怀的灌木荒野无不在掌控中。如今，他滔滔不绝地述说着往事，一直讲到你觉得让他打理这个小花园太屈才。这可真教人心中不快，好似你出钱买走了他的尊严，而他只是因贫穷而不得不迎合你粗俗的规划。

那一刻，你突然觉得自己愚蠢得好像故事里的小猪倌，居然责怪落难的阿尔弗莱德大帝烤糊了蛋糕；又好像古希腊故事里把儿子和忠诚献给暴君狄奥尼西奥斯的无知市民。这可不仅仅是糟糕的联想，而且会影响欣赏花园的心情，甚至影响口腹之享。他有时修剪树篱，顺便扔掉了你最爱的植物；或者在花园最肥沃而美丽的角落种满了没人爱吃的蔬菜，完全不听我们的规劝。

就算叫他从你自己的地里拔颗洋蓟送过来，他也会说："好吧，就算俺乐意吧，书上说'施比受更有福'。"有时，我们要他别任性妄为，按照我们的要求打理花园，那简直比强拧螺丝钉还难。他甚至会径直走开，神色严肃而哀伤，嘴里念叨着"我们的意愿就是他的乐趣"之类的话，却又时时提醒我们，他是"带着感情"做事的——那时，我觉得这位大师也是为他的成功感到卑微，觉得自己只是在忍耐……

说到选花，他的品味很老派，也很大众化；向日葵、大丽花、桂竹香和玫瑰都喜欢，还讨厌一切奇特、新潮、野生的东西，唯一的例外就是毛地黄，不仅任其生长，而且十分喜爱。修剪灌木丛的时候，他手握剪刀小心翼翼，保留了每一株完好的花枝。有一次，他和我聊起自己的年少时光，语气低沉而富有韵味，如今只有演员和老人才会用那种腔调说话了。他回忆起在马诺尔山上看到了一丛盛放的野花，优雅的花杯闪耀着灿烂的紫光，心里也不觉充满了"骄傲"；多年来按部就班的园丁生涯，也不能磨灭年少时的一抹惊艳。

虽然回忆的感伤令他对毛地黄格外青睐，但他内心深处其实看不起任何花朵，认为无非是餐桌上的装点、孩童的玩具、女士们的饰物，只有花菜、豌豆和包菜才能令他的心变得柔软而温暖。他偏爱实用的种植，花盆里种满了包菜，草坪中央种上了甘蓝。他热切地聊着生长旺盛的植物，说以前的品种更好，更不忘夸耀自己“培养的品种还要好”；可惜似乎无人在意他的成功。

其他园丁全是这位饱学之士的衬托；他一脸平和，语气平静地念叨着，这种植物长得不错，那种植物惨不忍睹。更难做的是，有的人可不是遇上了对手才在意谤誉，你若偶尔夸一株植物生得好，他就会庄重地扶着帽檐称谢，一手揽下你的赞美；反之，你叫他看几颗颓靡的蔬菜，他就会引用经书里的说法回应：“保罗种地，阿波罗浇水。”全怪老天爷雨水不够或是霜降得不是时候。

除了包菜和大黄，他还对蜂箱情有独钟。蜜蜂的嗡嗡声，勤劳的飞舞，还有香甜的蜂蜜，充满了他的心灵和想象，不知这是否来自回忆的力量，我只知道蜜蜂或许与他在马诺尔山的经历和童年的乡村生活有关。心里喜欢蜜蜂，他却过于小心，又或者太在意尊严，不愿把自己搞得狼狈，所以只肯站在一旁，指使平素看不上眼的园丁替他干蜂箱的活计，而他却不顾助手的哭喊，远远观望。说起蜜蜂，他说得多、做得少，口头的名言常有蜜蜂。“真是了不起的小东西，”他说，“令我想起了示巴女王对所罗门说的话，她一定是叹着气说的，‘我所知甚少’。”

斯蒂文森在《一个孩子的诗园》（1905年）中也提到了罗伯特，诗中刻画了孩提记忆中的园丁形象，老园丁在诗中获得了永生。

园丁叔叔不爱说话，
逼我清理花园小道。
干完活把工具收拾，
锁上门，还拔了钥匙。

我躲在一排醋栗树后，
那儿除了厨师没人走，
远远看到他在挖土，
又黑又壮，又老又严肃。

挖着红色、绿色、蓝色的花，
不肯和人说句话。
又剪草来又挖花，
从不爱玩耍。

园丁大傻瓜！夏天过后，
冬天踮着脚尖往这儿走，
花园会荒芜，枝叶都枯折，
你也得放下手推车。

好吧，趁着夏季正旺，
何不享受花园风光，
噢，如果你够聪明能干，
快来和我玩印度大战。

灯笼裤盛开在邱园

园丁有男亦有女，女性很早就开始打理花园，从又脏又沉重的园艺劳动中找到了心灵的满足——即使请得起园丁，许多人也愿意亲力亲为。19世纪末，园艺成为深受女性欢迎的职业。1896年，英国皇家邱园雇用了第一批女园丁。《笨拙》杂志发表打油诗盛赞她们的到来，女园丁工作时穿的像花儿一样的灯笼裤也成了“理性着装”的代表而风靡一时。

报上说园丁姑娘穿着灯笼裤，
伦敦人都在赶来邱园的路途，
站在巴士顶上看得全，
灯笼裤的姑娘们劳作在邱园，
兰花失色，百合无光，
大丽花自怜，植物学家也忧伤，
伦敦人说：“那有什么，快去邱园；
谁要看花，灯笼裤盛开在邱园。”

1897
"THE GENTLEWOMAN"
CALENDAR for
March
MARCH
1 Monday
2 Tuesday
3 Wednesday
4 Thursday
5 Friday
6 Saturday
7 SUNDAY
8 Monday
9 Tuesday
10 Wednesday
11 Thursday
12 Friday
13 Saturday
14 SUNDAY
15 Monday
16 Tuesday
17 Wednesday
18 Thursday
19 Friday
20 Saturday
21 SUNDAY
22 Monday
23 Tuesday
24 Wednesday
25 Thursday
26 Friday
27 Saturday
28 SUNDAY
29 Monday
30 Tuesday
31 Wednesday
" "The Gentlewoman" is the Ideal Ladies' Paper "

钢铁的脊背再加上铰链

查尔斯·杜德利·华纳是一位幽默作家，曾与马克·吐温合作写过几本书，同时也是一位热情的园丁。《花园的夏》这本书收集了他自1870年以来在当地报纸上发表的专栏文章，逐周记录了他如何培育康涅狄格州哈特福德附近的努克农场花园。

热爱泥土是人类最早的天性，最终的归宿。玩泥巴满足了我们最初最美的本能，身上越脏，心灵越纯净。之后承受着苦乐轮回、食过尘土、播种野麦，历经世间沉浮、看尽炎凉百态，终将回归对土地的深爱。人们喜欢挖土（或者看着雇来的人挖土），就像确信自己也将深埋于尘土。有一小块地，挖一个洞，播上种子，看生命更迭，这就是园艺中最寻常的快乐，是人能做的最满足的事……

地表的土地面积并不大，却深达四千英里；多么丰厚的财富。除了占有土地之外，在土地上劳作也是极大的乐趣，仿佛做了什么对全世界都有益的事情，从此成了创造者。享用自己种出的食物则是另一种乐趣，即便只是一头莴苣、一个玉米棒也令人欣慰。修剪草坪带来巨大的满足；我们这个纬度上最适合草原和草坪。热带地区或许有其他的乐趣，可惜没有草坪；没有草坪的地方都是没有生机的沙漠，就连最初的伊甸园也不曾拥有如今英国常见的草坪。

土地本有生命，生命注入种子，苏醒而出，进入劳作者的身体。园丁弯腰挥锄，翻动着温暖而清香的沃土，若有所思。日光暖

暖地照在背上，比灵药更治愈。四周的灌木丛中露出了花苞，果树开花指日可待，葡萄藤里流淌着生命的血液，还可以闻到岸边野花香，看着鸟儿四处飞舞、张望，一路歌唱。厨房的门敞开着，忙碌的主妇正在搅着什么白色的东西，偶尔往外望去，迷失于愉悦的春光和声响。明媚温柔的五月，挑一个晴朗的日子在花园里耕作，随便做点什么，从心所欲，和钓鱼一样有趣……

很多人不明白私家花园的真正价值并不是供应水果蔬菜（菜农种出的更好、更便宜），而是教导主人耐心、智慧与更高的美德，点燃渐熄的希望，浇灌荒芜的期望，使人性情柔顺，学会独处。这时，花园就成了道德的试金石，能够测试心性，如同最初的伊甸园。

花园第一乐事就在于，你永远不知何时着手。想要植物早点成熟，就要在暖房里播种；太早移出去可能被寒霜打坏；但不移出去或者播种太早，后面的麻烦就更多了。蔬菜种迟了，而邻居琼斯的豌豆早有收获，你只能盯着自家慢慢成形的豆荚，不断调整心态；播种太早，则惴惴不安，不知是否该期待芽儿早点钻出地面。天气渐热，愿新植欣欣向荣；北风裹着霜冻袭来，你心尖颤抖，生怕种子绽开。你的春天充满了焦虑与担忧，偏偏所有的忧心都会成真；此时别无他法，只能学着谦卑忍耐……

花园给我的最大羞辱就是教我看清了人类多么无能。自然敏捷果断、源源不竭，赋予植物活力和自由，令我心驰神往；植物越无价值，生长得越发肆虐，越发鲜亮。自然母亲不计早晚、日夜照料，从不疲倦，毫不懈怠……园艺没有自由。打理花园的人总是忙个不停，总是庆幸播种之后可以休息一季，闲看种子发芽生长。这是多么青涩的想法，种下一颗种子，就夺走了骨髓里的安宁，夜夜将他从枕边抽离。花园还没种好，除草势在必行，否则杂草一夜之间就会长满花园，在阳光下闪耀、摇曳，焕发生机，飞快地抽穗结籽，根扎得比思想更深。这就是野草的道德品质，实在令人痛恨。割草是一种道德行为，仿佛在根除罪恶，锄草成了伸张正义的武器。我是自然的信徒，这样一想，锄草的艺术便充满了无可比拟的尊严，甚至提升到了伦理高度。锄草不再只是消遣，而是一份职责。随着日子渐长，野草拔高，你愈发会意识到，锄草是一个精巧的办法，通过精密的计算，唤醒了弱者的力量。园艺需要有一个钢铁铸成的脊背——再加上铰链。

一无所知

小说家伊丽莎白·冯·亚宁，本名玛丽·安妮特·比彻姆，平素热爱园艺。1866年，她出生于澳大利亚的一个大家庭，是家里最小的孩子，往往被家人忽视。她在英格兰和瑞士长大，二十四岁时嫁给了第一任丈夫——比她大得多的亨宁·奥古斯特·亚宁伯爵，后来还在几本小说里戏谑地提到过丈夫。她第一本同时也是最著名的自传《伊丽莎白和她的德国花园》出版于1898年，书中不仅刻画了丈夫的形象，而且讲述了夫妻俩1894年搬家到波美拉尼亚纳森海德的幸福生活。本文描绘了“园丁新手的心绪”：不倦的热情和新手的天赋。

5月10日。去年我还对园艺一无所知，今年也所知不多，但至少知道了能做点什么，并迈出了一大步——从牵牛花种到了香水玫瑰。

房子周围有一片荒芜的花园，主要在朝南的一边，和其他房子差不多。房子朝南只有一层，房间依次相通，墙上长满了弗吉尼亚爬山虎。中间有一个小阳台，几级摇摇晃晃的木阶通往一片草坪，这似乎是花园里唯一打理过的地方。草坪修剪成半圆形，周围种着水蜡树，中间有十一块大小不一的花田，边上种着黄杨木，中间围着一个日晷，爬满了苔藓亦不失肃穆，我十分喜爱。

这片花田是我园艺的唯一见证（此外，花园里还有一棵孤独的番红花，每到春天就勃然而出，不是有意如此，实是自然天成），十一块地种满了牵牛花。一本德国园艺书上写道，只要种上许多牵牛花，就足以将荒漠化为天堂，这本书上从来没有用这样的话赞美过其他植物。刚开始种牵牛花的时候，我不知道要买多少种子，就买了十磅，种在花田里和周遭几乎每一棵树下，然后急不可耐地期待着天堂。结果自然令人失望，这便是我的园艺第一课。

幸运的是，我还种了两畦甜豌豆，有花有果，整个夏天都很开心；南边窗户下还种了些向日葵和几株蜀葵，中间种了圣母百合。奇怪的是，百合移栽后就不见了，不知道百合是不是都这样？蜀葵开了，颜色真难看。这样一来，装点我的第一个夏天，只剩甜豌豆了。

如今又到了为夏天而忙碌的时节，我们开垦了新的花田，边上种树篱，中间铺小径。这些事情刚刚忙完，正要喘一口气。日晷周围的十一块花田里长满了玫瑰，我发现自己犯了一些错误，可惜无人交流讨论，只能从错误中学习。十一块花田本来打算种满紫色的三色堇，但是种子不够了，附近也买不到，最后只种了六块地的三色堇，其他都种了木樨草。两块地里种着玛丽·冯·豪特茶香玫瑰，两块地的福克斯顿子爵茶香玫瑰，两块地的劳蕾特·梅西米屏东玫瑰，一块地的马美逊玫瑰，一块地的亚当蔷薇，两块地的波斯双色蔷薇，日晷后的一大片花田种着三种红玫瑰（共七十二株），包括特克公爵玫瑰、切桑特·斯卡利特玫瑰和林堡玫瑰。我敢肯定这块地种错了，其他还有一些错误，如今只能拭目以待，可怜我一无所知。

半圆草坪两边各有一道长长的花田，撒上了木樨草种子，一边还种了玛丽·冯·豪特茶香玫瑰，另一边是朱尔斯·芬格·布莱德玫瑰；客厅窗下的温暖角落里长着隆巴德夫人香水玫瑰、瓦特维尔

夫人香水玫瑰和丽扎·都帕克伯爵夫人玫瑰；花园更深处，北面和西面围种着山毛榉和丁香的地方还有一大片花田，种着红花栒子、约瑟·史瓦兹夫人玫瑰和伊迪丝·吉福德玫瑰。这些玫瑰都长得很矮小，两株乔治·布鲁恩夫人玫瑰鹤立其间，就像长长的扫帚。真希望茶香玫瑰早点儿绽开花蕾！我从不曾如此热切地期盼过什么，每天都去花园里转转，欣赏小家伙二十四小时的成长，看看有没有长出新叶或者红色的嫩芽。

蜀葵和盛开的百合依旧摇曳在南窗下、草坡上的狭窄边垄间，我又在草坡下沿着长长的边垄种了两垄甜豌豆，正对着玫瑰花田，花儿们与同样香甜的甜豌豆遥遥相对，待到秋季再换上茶香玫瑰。半圆草坪周围环绕花园的走道上，中国玫瑰开着白色和粉色的花朵，其间点缀着几株波斯蔷薇。早知道就该种上茶香玫瑰，玫瑰和蔷薇并不搭，玫瑰娇娇小小，蔷薇却快要长成一片灌木丛了。

世人无人能够理解我期盼花开的激动心情。德国园艺术总是将茶香玫瑰养在温室，囚禁一生，永远无法呼吸上帝的气息。我一无所知地闯入了花神的禁地，令茶香玫瑰直面北方的寒冬；花儿在冷杉的枝叶之下顽强地生长，最终毫无损伤，如今看来和其他玫瑰一样幸福快乐。

最深的伤痕

塞缪尔·雷诺德·霍尔是美国久负盛名的园艺作家，《我们的花园》（1899年）的写作初衷源于一番令人沮丧的调查。

我问一个男生："花园是做什么的？"他说："种草莓的。"他妹妹说草坪上可以玩槌球，姐姐说要开花园宴会。在牛津读书的哥哥刚说道，草地上正好打打网球、抽抽雪茄，却被身边严肃的学长反驳了回去。学长一头厚重的黑发，还戴着大眼镜，他说，"花园主要用于植物研究和分类"，刚要高谈阔论单子叶和双子叶植物的区别，小学弟突然想起了什么急事，匆匆告退。

我又向一位美丽的中年女性问了同一个问题，她头戴着代表贵族身份的羽毛帽子，身着宽松的绿色外套，腰上还系着银色的皮带，对我的问题不屑一顾：

"花园是做什么的？当然是为了灵魂，先生，为了诗人的灵魂！为了看到不可见的美景，为了抓住不可捉摸的瞬间，为了听到无声的音乐，为了快乐，"（她举起了手，轻踮着脚，仿佛站在雾气缭绕的山顶期盼阳光，仿佛即将升上天际）"总之，日常的生活多么无趣，花园才是想象与浪漫的天堂。"

我想斗胆告诉她，要想到达那比花更美、比夜莺的歌声更动人的地方，她还得再飞远点儿；不过想飞的人依然向往高空。

一位富态的绅士说，花园里最动人的就是绿色的豌豆和新长的

a
b
c

土豆。他坦率得教我生不起气来；可是当我听到他说最讨厌替乌七八糟的花园付钱时，我出离愤怒了。

最深的伤痕来自那些“兴高采烈参观花园”的游客。他们走进来，看过了，却也未必多么兴高采烈。他们流连于围绕花园的古老城墙，乐道于乌鸦的哀啼，欣喜于花园的日晷和长椅，但是说到园艺，还不如去逛皮卡迪利大街！我无意中听到一位女士和朋友说起“她见过的最完美的宝石”，我以为她指的是某种珍稀植物，于是上前询问植物的名称和习性，结果她告诉我，她们在讨论“伊莎贝尔新到手的小玩意儿”！

花园之美

1902年，拉迪亚德·吉卜林搬进了巴特曼斯庄园，这是一栋詹姆斯一世时期建造的房子，靠近东萨塞克斯郡的伯沃什地区。他在此居住了三十四年，直到去世，周边的乡村风光启发他创作了小说《普克山的小精灵》。吉卜林喜欢动手，热爱园艺，1907年获得诺贝尔奖后，用所得的七千金币奖金自行设计、扩建了花园（设计图至今依然挂在他的书房里），由此不难看出他对工艺美术活动的热爱。他设计了梨树搭成的隧道和草药园，一片开阔的池塘是两个孩子泛舟的好去处，玫瑰园里种满了古老的玫瑰品种，此外还有椴树小道和环绕花园的紫杉树篱。故居如今由国家信托基金负责维护。名诗《花园之美》召唤热爱花园的人们付诸实际行动。

我们的英格兰是座大花园，处处风光好，
篱笆、花田、灌木丛、草地和林荫大道，
昂首阔步的孔雀和亭台上的雕像；
花园之美何止悦目之享。

沿着薄薄的红墙，古老的月桂厚重地生长，

冰冷的工棚和热乎乎的暖房，最重要的是
工具和盆栽棚，粪池和水箱，
碾子、推车和水管，还有独轮车和木板。

花园里工作的人们，无论园丁和小工，
静静做着吩咐的事情，没有一点儿声响；
只有播种之时吓跑鸟雀才需要大叫大喊，
花园之美不靠笔头空想。

有人修剪玫瑰，有人盆栽海棠，
有人于栽培一无所长，
也能修剪草坪，筛选砂土，
花园之美令人各得其所。

我们的英格兰是座大花园，不是靠空唱：
“哦，多美！”或闲坐在树荫下乘凉，
比我优秀的人都比我勤劳，

我也用旧餐刀在碎石小道上挖草。

不要说头好重，不要说腿太瘦，
不要说手太娇，也别说心烦忧，
总有事情需要忙活，
花园之美属于每一个人。

给草莓罩网，杀死边角的臭虫，
有什么就做什么，感恩不辍；
背不再佝偻，双手变得有力，
你与花园之美融为一体。

哦，亚当也是园丁，上帝让他看看
膝下的花园活计已完成了大半，
忙完了不妨洗手祈祷，
愿花园之美永不消逝！
花园之美不会消逝！

实用工具

格特鲁德·杰基尔是一位了不起的园艺设计师，出版于1900年的《家与花园》描述了她家曼斯特伍德花园的建造过程。花园居于英国萨里，是著名设计师埃德温·勒琴斯专为她而设计。《家与花园》一书中全面展现了她毕生的园艺信条，如今曼斯特伍德花园在英国国家花园计划的保护之下，供游人参观。

生而兴趣广泛，见到什么都忍不住插一手，禁不住试一试，顾不得人生苦短、年老体衰、老眼昏花，这究竟是好还是坏？还是当如浮萍般随水流漂荡，什么都不放在心上，对无关要紧的事从不劳神费力，不自取烦恼，这样的人生是否更加幸福？我不知道哪一种才是普世的明智；只知道我的心灵和大脑都说，虚空度日简直愚蠢之至，甚至是对神圣使命的亵渎，神说："光亮不熄，劳作不止。"……

实用工具有一点可爱极了，便是使人心手合一，不仅令人愉悦，还教人肃然起敬，没有它，大脑和双手都成了摆设。手中或兜里的小刀，时常使用，时常打磨，刀锋已不堪再用，只得搁置一旁，多么遗憾心伤，不知还要多久才能熟悉一把新刀！没人真的爱新工具，总觉得陌生、不顺手，甚至志趣不相投的意味，正如大卫用不惯扫罗的盔甲。新铲子不好用，要么嫌长，要么嫌重，就连手柄也觉得粗糙！然而用熟之后就变得亲切多了，棱角磨圆了，铲口磨短了，手柄磨光滑了，仿佛镀上了最好的涂料。木匠不喜欢新刨子；油漆工不喜欢新刷子。穿衣也是如此，旧内衣才穿得舒服。马儿不喜欢新项圈，我也不喜欢新靴子。

烟的气息

本章最后奉上一首名为《挖》的小诗，像俳句一样短小精练。爱德华·托马斯笔下的英国乡村风光令人难以忘怀。

今天，我的沉思
只伴着清香——来自落叶，
凤尾草，和野胡萝卜的种子，
以及方方正正的芥菜田地。

清气升腾，
是铲子伤到了树根，
还是挖破了玫瑰、醋栗、树莓或羊角芹，
大黄或西芹；

烟的气息，

b
e
a

从火堆中流溢，

焚烧死去、无用、危险的一切，

化作甜美的香。

满足了，

闻一闻，捣一捣黑土，

哪怕知更鸟又一次

欢唱秋日的哀歌。

e

Chapter 4

身体与灵魂的慰藉

对世间男女而言，花园意味着一切。文集最后一部分试图探索花园的深层意义和隐含美德。哲学家和诗人们眼中的花园，既是比喻，也是乡间的隐居之地。

龙腹

中国和日本很早就开始建造园林，一花一景，微言大义，意味深远，反映了当时的宇宙观。《作庭记》是现存最早的日本园林建筑专著，细致描述了旺家吉祥的花园设计。本文前两段转引自冈特·尼契克的著作《日本园林》，后三段源自《作庭记：花园书》的现代译本。

欲保家宅安宁，须水流自东而入，经屋下往西南而出，此为青龙驱走屋内园中之秽气，达于白虎……

应先确定水源之方位。经云：水以由东向南、往西流者为顺流；以由西向东流者为逆流。故庭上遣水，以东水西流为常法。又，东来之水，穿过舍屋下，泄出于未申方者，最吉……经云，遣水以屈曲环抱处为龙腹。居者以龙腹为吉，龙背为凶。

又，既无山又无野筋时，于平地立石，为常有之事，但就无池之庭，其上遣水，宜格外广而流之，并令庭面尽量平坦，以由堂上，即可见其潺潺流水。

又，由岸边伸至水下，或由水底延至岸边之磐石，宜以大而厚重之整石为之。然此为人力所不及，故应择石色相同且石形相吻之石，拼成大石之形。

某人口传云：岨崖之石，或状如直立屏风，或状如交错相倚之门扇，或状如逐层叠置之台阶。山麓及野筋之石，如群犬伏卧之状，如群猪散走之状，又如小牛戏母之状。

作庭立石，多有禁忌。据云，若犯其一，则家主常病，终至丧命，其家荒废，必成鬼神之栖所。

叶在莲足下

古印度文献中也有许多关于花园的详细描述。《薄伽梵往世书》是一本关于毗湿奴化身下凡救世的故事集，其中就有神王克利须那年轻时被牧牛姑娘们追逐的故事，她们以为克利须那抛弃了她们，惊恐地召唤各种植物，寻找神王。

“亲爱的菩提树，你可曾见到难陀之子吹着竖笛，带着欢笑，从这里走过？他偷走了我们的心，然后消失无踪。如果你曾见过他，请指明他离去的方向。亲爱的无忧树，亲爱的蛇花树和瞻波

树，你可曾见大力罗摩的弟弟经过？我们太过骄傲，他就远去了。”牧牛姑娘回想着克利须那远离的原因，她们也曾享受着他的爱，她们曾是世间最幸运的女人，她们的内心充满了骄傲，于是克利须那就此离去，让她们不再骄傲。克利须那不喜欢仰慕者为侍奉他而骄傲，他接受所有人的侍奉，却不允许一位侍奉者比另一位更加骄傲，否则他就会改变态度。

牧牛姑娘向图拉西植株祈祷：“亲爱的图拉西，你的叶子长在莲足下，备受喜爱。亲爱的马拉提花，亲爱的马里卡花，亲爱的茉莉花，克利须那赐予我们无比的欢乐后从这里经过，将你温柔抚摸。你们可曾见到玛达瓦从这里经过？哦，芒果树；哦，菠萝蜜树；哦，梨树和阿莎娜树！哦，黑莓、木橘和团花树——你们虔诚地长在亚穆纳河畔，克利须那必从此经过，可否好心地告诉我们，他走了哪条路？”

大智无形

伊丽莎白一世时期的草药大师约翰·杰拉德自家的花园位于伦敦霍尔本区菲特街，同时他还负责照看伯利爵士威廉·塞西尔家的花园，种了许多国内外药用植物。《草药集》一书就是献给塞西尔伯爵的，记录了许多植物的潜在价值。

神光在上，不同的时代，各色的生灵孕育了诸多巧智奇思，引人探索神性的智慧。历数世间，还有什么比植物更能令人得到启示与满足？不夸张地说，植物的愉悦促人劳作，布满植被的大地，怎不教人心欢，就像刺绣精美的长袍上点缀着东方的珍珠与各色奇珍异宝。草药与花丛色彩斑斓，搭配得多么赏心悦目，就算宫廷画家阿佩利斯或宙克西斯再世，也无法描绘出更美的景致：甜美的芬芳与滋味令人身心满足，那是任何香糕甜点也无法媲美的幽香。

这还只是外在的愉悦，更多的喜悦来自内心深处，有形的知识滋养着心灵，其中蕴含着无形的智慧和上帝的杰作。欢乐甚多，用处更甚，植物紧扣着生命的必需，最初是人类的食粮，后来分化出多种用途，既能维持生活的需要，也能成为维护健康的药物。正如普林尼所说的那样，最残忍的野兽也能发现植物隐藏的价值：染匠也能走上艺术的道路（染匠发现某些植物可以用来提炼染料）。

水果也是大地的物产，是人们维护和照料花园的回报；植物不再只是装饰品，而是家家户户必备的好物。除了水果之外，罕见的药草尤其令人欢乐。冬风肆掠之时，一树繁花如夏天般怒放；春花绽放之时，枝头依然不见片叶。

园林科学令人动容，热爱园艺的名人举不胜举。根据历史学家普鲁塔克的记载，米特拉达梯大帝就有着丰富的园艺知识；普林尼也发现，阿拉伯国王尤阿克斯的花园里收集了当时世上的主要药草；罗马皇帝戴克里先，若非其血腥的统治，真当为他的园艺叫好。所罗门更在先贤们之前，凭着智慧和知识，为园艺科学做出了伟大的贡献，他的王宫植物丰茂，上自雪松，下至苔藓，无不各得其所。

往者往矣，伟大的哲学家和国主王孙钟爱的花园早已湮没在历史之中，只有少许古物依旧残留着古人的精神与智慧，成为当代园艺知识的一部分，适用于照料与研究某些特殊的草药。草药既可装点花园，又可扩展知识的视野……我研究草药，打理花园，至今已二十余载，这是我主要的研究内容，占据着生命中大部分时间。为了装点这高贵的岛国，我通过各种途径，从海外买来许多奇花异草，不断调整土壤结构，使外来的植物适应岛国的气候与土地，愿花花草草如在故土般欣欣向荣。我的一切成就与所得，都呈现在塞西尔伯爵的花园和我自己的小园地中。可惜作为私家花园，一旦遇上了粗心傲慢的主人，也难逃厄运，因此我写下此文，愿我在园艺栽培中的辛勤探索为大众所知，愿小小的花园逃脱厄运：待我百年之后，人们或许会发现这本关于植物本性的报告或者记录比之前的草药书更加详尽丰富……神光普照之下，愿书中的花草在地上的每一个角落得以嫁接、定植、栽培、繁茂。

The grete herball

whiche geueth parfyt knowlege and vnde
standyng of all maner of herbes & there gracyous vertues whiche god ha
ordeyned for our prosperous welfare and helth/for they hele & cure all man
of dyseases and sekenesses that fall or mysfortune to all maner of creatou
of god created/practysed by many expert and wyse maysters/as Auicenna
other. &c. Also it geueth full parfyte vnderstandynge of the booke lately pr
tyd by me(Peter treueris)named the noble experiens of the vertuous ha
warke of surgery.

秋风

16世纪土耳其诗人巴奇喜欢以植物为喻，《秋风》一诗描述了秋风中的花园。

看吧，再也找不到春光的踪影；

满园落叶失去了往日的清灵。

果木萧条，如僧衣破旧；

昏暗的秋风刮走了地上的残枝枯藤。

落叶自每一道山坡而来，金色的低吟洒落园中树下，

愿溪流亦收获秋风的馈赠。

不要留在花圃里，任落叶羞愧地颤抖：

吹光每一丛灌木，枝头已无叶无果。

巴奇，花园里落满枯叶；

低入尘埃，也不向命运的秋风示弱。

甜蜜的指引

约翰·帕金森是17世纪的一位药剂师，同时也是一位植物栽培专家，曾经担任查理一世的植物顾问，考文特花园附近的长亩街上有一个非常有名的植物园就是他的杰作。帕金森著有《帕金森的人间天堂》（1629年）和《植物剧场》（1640年），都是植物学的百年经典。1884年帕金森学会成立，继承其遗志搜寻和保存稀有植物。值得一提的是，帕金森像其他前达尔文时期的植物学家一样，认为观察植物能获得人生哲理。

各种各样的花花草草，多样的形态、气味和颜色，无论多么渺小，亦映照着造物主的神力；即使高贵的品质深深隐藏，也足以带来许多启示：花草的芬芳安慰灵魂、重振精神，带来满室馨香，激励人们过着道德的生活，努力做好事，为上帝的教堂做贡献，用汗水和笔锋服务大众，仿佛受到了甜蜜的指引。花草新鲜时如此，干枯凋零时亦如此，年复一年，从不衰减，反而日渐浓郁。

其貌不扬、香味淡雅的花草同样值得称赞，许多人品卓著却默默无闻的人，终有一天能尽其才华、绽放光彩；有些花木表面光鲜，实则毫无用处，就像有些人金玉其外，腹内空空，在世间昙花一现，不值得纪念。

花朵凋零最能显出生命的脆弱，有的花儿还没开放就已落败，有的正逢盛开或刚开不久，风华正茂地折断在看客手中，有的在风

PARADISI IN SOLE
Paradisus Terrestris.
or
A Garden of all sorts of pleasant flowers which our English ayre will permitt to be noursed vp:
with
A Kitchen garden of all manner of herbes, rootes, & fruites, for meate or sause vsed with vs,
and
An Orchard of all sorte of fruitbearing Trees and shrubbes fit for our Land
together
With the right orderinge planting & preseruing of them and their vses & vertues
Collected by John Parkinson
Apothecary of London
1629
Qui veut parangonner l'artifice a Nature
Le pas de l'Elephant par le pas du ciron

中枯萎凋谢，有的在时光的催促中回归故土：最美的花朵，最先成熟的果子，总是最早被采摘。

人生与家国亦瞬息万变：今年花开草长、果实丰硕；来年却是残枝断梗，任野草疯长，高楼横矗，再无人知晓。

花

玄学派诗人乔治·赫伯特从威斯敏斯特学校和剑桥大学毕业后，留校任修辞学教授。他与弗朗西斯·培根交好，还曾受英王詹姆斯一世重用。1625年国王驾崩，1627年他的母亲也过世了，赫伯特不再留恋世俗职务，转而担任神职，生前最后两年一直在索尔兹伯里附近贝蒙顿地区的圣安德鲁教堂任牧师。赫伯特的诗歌善于通过自然景物反映上帝的旨意。1633年，也是他生命的最后一年，诗人写下了著名诗歌《花》，赞颂贝蒙顿家中的花园为他带来了希望与快乐。

多么清新，主啊，多么甜美纯净，

您回来了！春天的花朵；

从抑郁中苏醒，

冬末的寒霜也欢乐鲜活。

忧伤消融，

如五月雪，

仿佛世间从无寒冰。

谁曾想我枯萎的心灵
也能恢复绿意？它曾
深埋地底；如花朵凋零，
风吹雨打中，回归母根；
他们共同
经历风霜，
在世间消亡，任家国无名。

伟力的主啊，这是您的神迹，
杀戮或复苏，沉下地狱
或升上天堂全在一念之遥；
丧钟也能化作悠扬的曲调，
我们说这说那
总有差错：
您的话语才是一切，容我们仔细推敲。

啊，我也曾在您的乐园安然成长，

那里的花儿永不凋伤！

多少个春天，我飞快地长高，

朝着天空，且成长且抱怨：

我的花儿不愿

春雨的洗礼，

我的罪孽与我紧密相连；

但我依然笔直地生长；

依然向上舒展，仿佛天堂只属于自己，

您一发怒，我便衰亡：

寒霜算什么？极地算什么？

怒气燃尽万物，

直到您回心转意，

此刻您可曾松开了眉弯？

如今又到了萌发的时节，

曾经经历和书写过多少次死亡，

我再一次闻到了雨露的气息，

品味着诗行：哦，我唯一的光，

这不可能，

我就是他，

承受着您整夜的骤雨暴风。

仁爱的主啊，这是您的神迹，

让我们看到自己是瞬息凋零的花：

我们曾苦苦地找寻求证，

您有一所花园供我们安居。

我们贪心不足，

富足而膨胀，

在傲慢中失去了天堂。

花之思

英国陷入内战的混乱时期，奇切斯特主教亨利·金在优美的小诗《花之思》中表达了卑微而勇敢的小花带来的心灵慰藉。

英勇的花儿——愿我像你一样勇敢，

从不虚荣傲慢。

你破土而出，多么无害，

终将再次回归泥土的花床。

你从不骄傲，记得出生的污泥，

只因一身锦绣都来自大地。

你按月份和时序生长，

我却想要永远的春光：

我的命运不知冬天，不知死亡，

总将此事置之度外。

哦，只能望着我的大地之床

微笑，像你一样心绪高昂。

哦，教我看破死亡，从不恐惧哀伤，

但我依然渴望休战。

多少次在坟头见你，

多么清新美丽。

芬芳的花儿——再教教我，如何像你一样

用香甜的气息祭奠我的死亡。

绿荫下的绿色思索

17世纪玄学派诗人安德鲁·马韦尔曾任国会议员，为腐败的帝制复辟而忧虑。《花园》这首诗赞颂了花草树木的宁静平和。

他们也感叹自己多么虚荣，
只为赢得月桂、橡叶或榈棕；
他们如此劳碌不断，
只为一顶草木编织的桂冠，
桂冠的阴凉又短又窄，
仿佛默默地谴责他们的钻营；
同在此刻，一切花草树木相连，
编织着无数安宁的花环。

美好的“静谧”，我找到了你，
还有“纯真”，你亲爱的妹子！

我久久迷途，在忙碌的人群中，

徒然地把你们寻觅：

殊不知神圣的草木降临世上，

只能在草木丛中生长；

相较于甜美的孤独，

人群显得多么粗鲁。

白色和红色都比不上

这可爱的绿色令人神往；

相爱的人们如爱火般残酷，

把情人的名字刻上大树。

唉，他们不懂也并不在意，

爱人之美岂能和大树相比！

嘉木啊！无论为何划伤树皮，

也只能刻上你自己的名字。

直到情火燃烧殆尽，
爱情才能找到最好的安息：
追逐人间美女的诸神，
最终为一棵树结束了征程。
阿波罗追求达芙妮，
后来她变成了一棵月桂。
潘神追赶着西琳克丝，
不为仙子，只为一道芦苇。

我的生活多么美好！
成熟的苹果从头上掉落；
一串串甜美的葡萄，
在口里化作琼浆；
油桃和稀有的玉桃，
自动伸到我手上；
走路时被甜瓜绊了一跤，

摔倒在开满小花的草地中央。

这一刻身外无欢，

安享内在的喜悦，

一片汪洋般的心灵，

各种族类皆有对应；

心灵的创造，

超越八方，越过远洋；

抹灭一切造作，

化作绿荫下的绿色思索。

这里泉下水流潺潺，

果树根前苔痕累累，

抛下肉体的衣裳，

灵魂飞到枝上：

鸟儿般栖息歌唱，

打磨梳理银色的羽翼；
为长远的飞翔，
挥洒羽毛的辉光。

这才是心灵的乐园，
闲庭信步无须陪伴；
来过如此纯净甜美之处，
还要祈求什么外物！
一人漫步花园，
岂是凡人的福分：
两个乐园合二为一，
便独享天堂。

精湛的园丁以花草
勾画出新的日晷；
天上的太阳日益温婉，

沿着芬芳的黄道十二宫运转；

勤劳的蜜蜂在工作中计时，

我们也一样。

这甜蜜逍遥的时光，

只能用花草来计量。

蜗牛

园丁大都不喜欢蜗牛、毛毛虫和鼻涕虫，你可别忙着厌恶，它们也有自己的视角——约翰·班扬的小诗《蜗牛》别出心裁，写得饶有趣味。

她走得缓慢，但走得坚定；

不像那些更强悍的物种，容易摔伤；

她旅途更短，但富于耐性，

比走得更远的家伙走得更安然。

她一直往前走，不声不响，

花花草草都是她的食粮，

她静静地吮吸，

猎捕者的惊怒于事无益。

她轻轻地走着，

不紧不慢，多么坚定；

一直这样走下去，

一定能实现初心。

高官厚禄最危险

1759年，启蒙主义思想家伏尔泰完成了著名小说《老实人》，小说讽刺了以骄傲自满的邦葛罗斯为代表的乐观妄想。故事末尾将主人公在老实人的花园和农场里劳作作为最好的结局，体现了伏尔泰对英国园艺及其政治意味的深深敬意。

邦葛罗斯、老实人和玛丁回小农场的路上遇到了一个好老头，正在自家门口的橘树荫下休息。好奇又好辩的邦葛罗斯走上前去，向他打听不久前被绞死的大司祭。

“不晓得，”好老头说，“我可不晓得什么大司祭之类的大官。不晓得，全都不晓得，反正当大官的都没有好下场，都是自找的，管他君士坦丁堡有啥大事，我能把园子里亲手种的果子卖过去，就心满意足了。”

说着，他邀请几位外乡人进屋坐坐，两双儿女端来自家酿的金合欢果子露，佐以糖渍的佛手、橘子、柠檬和开心果，还有上好的摩卡咖啡，不掺杂一点儿巴达维亚或中美群岛上产的坏咖啡。好心的穆斯林还叫两个女儿为邦葛罗斯、老实人和玛丁的胡子上喷了香。

“您家土地真大啊！”老实人对土耳其老头说道。

“不超过二十亩地，”他回答说，“都是我和孩子们亲手打理的，劳动赶走了三大罪恶：懒惰、疾病和纵欲。”

回家路上，老实人为土耳其老头的话陷入了沉思。

他对邦葛罗斯和玛丁说道：“这个老人真不错，他选择的生活比之前宴请的六个国王好多了。”

邦葛罗斯说：“高官厚禄最危险；《圣经》上说，摩押王伊矶伦被以笏所杀，押沙龙因长发缠绕，身中三枪而死……约雅敬、约雅斤、西底家三位国王都成了俘虏，此外还有克洛伊索斯、大流士、锡拉库扎的迪奥西尼、皮拉斯、珀尔修斯、汉尼拔、恺撒、庞培、尼禄、奥索、维特里乌斯、图密善，以及英国的理查二世、爱德华二世、亨利六世、理查三世、玛丽女王、查理一世，法国的三位亨利国王以及罗马的亨利四世。”

老实人道：“不用说了，搞好花园就对了。”

“思路正确，”邦葛罗斯说，“上帝让人进伊甸园，是干活养园子的；可见人类并非生而懒惰。”

“少废话，多干活，”玛丁说，“才能过上好日子。”

大家个个赞同，纷纷拿出自己的绝活，小小的土地获得了大丰收。居内贡虽然长得丑，糕饼却做得很可口；巴该德管绣花；老婆子做针线；希弗莱兄弟也不闲着，到处帮忙，忙成了一个好木匠，一个规规矩矩的人。邦葛罗斯总爱对老实人说：

“世间一切事物都相互关联；想想吧，你要不是喜欢居内贡小姐而被踢出了城堡；要不是受到了宗教裁判所的刑罚；要不是徒步走遍了美洲；要不是刺伤了男爵；要不是弄丢了黄金国买的绵羊，你也不会在这里吃蜜饯和开心果。”

“观察入微，”老实人道，“还是赶紧干活吧。”

倒伏的豌豆

亨利·琼斯是一位爱尔兰泥瓦匠，却富有诗歌才华。1745年，切斯特菲尔德伯爵担任爱尔兰总督，琼斯适时献上了华美的诗篇，从此切斯特菲尔德伯爵成了他的赞助人，还邀请他到了伦敦。1749年，《泥瓦匠诗集》顺利出版。园丁们都知道《暴风雨中的豌豆田》中狂妄无知、终遭报应的园丁，但并非所有人都认可诗中的死亡警告。

莫里斯看着倒伏的豌豆，
汹涌的旋风肆掠而走，
他紧握拳头，
哀伤地摇头。

“这就是我辛劳的结局，
我的快乐、骄傲和欢欣！
一时的暴风雨，
毁了一年的苦心！

哦，白费了功夫，

一日日浇灌土地，

用脚把泥巴踩实，

竖起架藤，修剪分枝！

我也曾满满雄心，

要超过所有园丁，

要他们一个一个，

都听我吹嘘种菜经。

如何犁地备用，

如何撒种，

四处攀比夸耀，

自家豌豆熟得最早，

花儿寄托着我的渴望！

豌豆花开催生了希望，

想要得到主人的奖赏，

想要成为花园里的皇冠！”

可怜的莫里斯正伤心，

话却问得冷静：

“怎能让一场风暴

折磨勤恳的好人？”

啊！莫里斯，别伤心，

别怨命运悲催，

灾祸不仅在此降临，

邻居们也逃不脱轮回，

豌豆低伏，

倒在命运的一蹙，

兴许人生的飘摇，
能教出更睿智的头脑。

青春灿烂的光景，
小精灵活泼可爱，
牺牲早已注定，
盛放时才见衰败，

精心照料也无法挽回，
智慧的箴言也无法挽回，
他们，像豌豆，在污秽中低垂，
或在一场暴风雨中消毁。

心愿

约翰·克莱尔1793年出生，1864年过世。他是彼得伯勒附近汉普斯顿村庄里一个短工的儿子，曾在伯里庄园当园丁，后在纽瓦克特伦特的一家苗圃干活，也为附近的贵族打理花园。1820年后，他的自然田园诗歌才逐渐广为人知。1809年，他写了哲理小诗《心愿》，那时尚未成名，不时依靠教堂的救济过日子，诗中却幻想在老家拥有自己的房子。本文节选的诗行讲述了他梦想中的花园。

还缺一个精致的花园，

这是我的下一个心愿；

到处寻找合适的土壤，

围出不大不小的花乡，

不走极端，普通大小，

完完整整，够用就好；

坚固的砖墙隔开湖泽，

阳光四处跃动着欢乐，

沿墙的高树茂然成行，

桃子和梨子泛着红光。

墙边树下还要五尺菜地，

这样的花园才算完整，

播撒细细的沙拉蔬菜籽，

卷曲的香芹在畦边生长。

花园划分成四块土地，

好品味不要华而不实。

正中间穿过一条走道，

这里的风景比他处更好，

走道南端立起藤架，

美好的阴凉装点盛夏：

周围种上玫瑰或茉莉，

还有忍冬或铁线莲，

待到藤架上花枝爬满，

带来多少阴凉与芬芳。

我闲来无事坐在下面，
将夏日的风光看遍，
那是我挥着铁锹亲手所栽，
藤下四顾，自在又凉快。
留出一块土地种花，
愉快地度过闲暇，
偶尔读书和研究，如果缺点儿乐趣，
不妨去修剪花枝破碎的羽翼，
我对视着花儿的眼睛，
散落的枝条用缎带系好；
花床边上也仔细清扫，
绝不留下一点儿杂草。
零零碎碎却不失乐趣，
只有花间琐事能够赋予。
迷人的地方，迷人的风光，
我的花园向南边延展。

一片草地映入眼帘，

每周修剪，翠色染遍。

啊！怎样的装点，怎样的景致，

层次多么精美，绿意令人沉醉。

边缘留着一道小暖渠宽，

最娇的花儿也能吮吸露珠。

玫瑰羞红，百合洁白，

如同一场无声的选美。

美好的毛茛和黄水仙，

甜香将夜晚的空气浸染。

麝香袭人的轮峰菊，

令黄昏也充满谐趣。

门边的忍冬枝叶缱绻，

徐徐舒展她的清甜。

青藤蔓延到墙上，

大马士革玫瑰也爬上窗。

规划的小道，

正对着房门，

一路引向又一个凉亭，

尽享愉悦的悠闲时光。

满眼绿意赏心悦目，

差点儿忘了一件饰物；

还要一湾圆圆的水塘，

又好用又好看。

石砌的池壁，

磨圆的阶梯，

香甜的睡莲踏着潮汐，

骄然来到我的小池，

正午时光骄阳炙炙，

我却追随着花儿的足迹。

看碧叶轻浮，

蜻蜓泛舟，

啊，多么自在，多么欢畅，

一切欣欣向荣，不由我心飞扬；

风光明媚如仙境般铺展，

我的视线也随之翱翔，

多么徒劳——梦想有自己的花园，

我顿时思绪堵塞，心如囚徒。

一切依然是空虚的梦想，

空虚的梦想加深了渴望，

心怀热望，欣赏风光，

怎敢奢望成为现实，

愿君怜惜这动人的思绪，

除此之外别无所求，

我亦如是。

约翰·克莱尔最终实现梦想，有了自己的房子和花园，可惜之后不久就过世了。2005年，约翰·克莱尔信托公司买下这座位于汉普斯顿的小屋，花园得以修复，供游人参观。

回馈花园

爱德华·布威—利顿是红极一时的小说家，1830年的小说《保罗·克利福德》以“这是一个狂风大作的黑夜”开头，脍炙人口。本文节选自小说《尤金·阿兰姆》，借客栈掌柜之口道出了作者的园艺之道。

沃尔特第二天早早起了床，来到旅店楼下的院子，见旅店老板手握锄头，正要走进花园小门，看到沃尔特，便替他掌着门。

“先生，今早天气不错；要不要来花园看看？”沃尔特点点头，走进了花园。花园很大，经过精心规划和打理，显得错落有致；旅店老板很快在一片花田前停了下来，沃尔特独自继续向前走。清晨晴朗而静谧，清新的空气中夹杂着晨霜“凌冽的气息”。沃尔特不觉加快了脚步，在花园中央的小道上来回踱着步子。他眼睛紧盯着地面，帽子压下来遮住了眉头……最后，年轻的探险者在旅店老板对面停了下来，老板弯着腰，还在摆弄花草，享受着早晨清新的空气，神情愉悦，不时哼起古老的乡村小曲。一派“绿意盈盈、无忧无虑”的情景，与他的心事重重形成了鲜明的对比，猛烈地冲击着他的内心。

老板六十有三，算得上青春英俊的老人家；他皮肤紧致，双颊绯红，并非宿醉的红晕，而是晨间微风的痕迹；身材壮而不胖；长长的银发落在肩上，眼睛湛蓝而清澈，嘴角微翘，一看就是个风趣

T. Creswick.
J. Brain.

的人。如此和谐的面庞，连眼拙的人都忍不住多看两眼。老人世事洞明，待人和善……

沃尔特站在旁边，若有所思地看老人弯着腰，身下是清香的大地（他环顾四周，宁静的花园向远处延伸，迷失在茂密的常青树林中），这一幕安宁的乡村景象，仿佛充满了力量，将困顿不安的心灵从无知无觉的昏睡中唤醒……

老人察觉到人影，停下了手头的工作，说道：

“真不错啊，先生，园丁是份好活计！”

“啊，是啊……可惜夏天已过，花草水果只能怀想了。”

“嗯，先生，这正是回馈花园的时节，感谢花园带给我们那么多美好的东西，就像照顾一位曾经关照过我们的老人。”

沃尔特听到这种奇怪却又亲切的说法，微微笑了。

“多好啊，先生，一座花园！有了花园，每天就有了目标；所以我说，想过上好日子就得有一座花园。”

玫瑰与情人

古老废弃的花园如空荡荡的老房子，承载了以往的辉煌和未来的宏图。阿尔加侬·查尔斯·斯温伯恩于1878年写的《遗落的花园》一诗浪漫而狂野，也许是在诺森伯兰郡的卡普海顿庄园度假得来的灵感。

低地和高原间的悬崖，

迎风和逆风处的海角，

岩壁合抱的内陆之岛，

幽灵般的花园面向海潮。

灌木和荆棘层层环绕，

方正的陡坡是无花的花床，

玫瑰的墓穴绿了野草，

今已衰亡。

田野坠落南方，骤然折断，

落入孤远大陆低处的尽头。
若脚步有声，若言辞召唤，
鬼魂怎会不显形于生人之手？
开路的人披荆斩棘，
灰败的荒道无一人迹，
四周毫无生机，唯有海风扑岸，
日夜不息。

灌木横生的走道窒闷无光，
交错的小径无人攀缘，
伸向狭窄的弃置之地，
时光吞噬了一切，只剩荆棘。
他避开花刺，直取玫瑰；
岩石散落，耗尽了苍翠。
风声飘零，野草颤颤，
如是留存。

未遭践踏的花朵不会凋亡；

苗床干涸如死者的心脏；

荆棘丛中，夜莺不再啼唱，

即使高唱，也没有玫瑰回响。

草地上花开花谢无人赏，

唯可听海鸟的吟唱；

还有阳光和雨水，

常年相伴。

骄阳炙炙，大雨滂滂，

憔悴的花朵不闻芬芳，

唯有狂风在盘旋扫荡，

生命荒芜得如同死亡。

这里有老人的笑，

间或有情人的哀泣，谁人知晓，

他们眼望着大海，

沉睡百年。

他们心意相连，站在海边，“看啊，”
他是否在说，“从花看到海，
玫瑰凋零而泡沫之花盛放，
不曾深爱的人将会死去，那我们呢？”
同样的风在吟唱，同样的浪在翻白，
唇边的低语，眼里的火花，
凋零了花园里的最后一片花瓣，
爱已逝去。

又或挚爱一生，随后去向何方？
如果走到尽头，谁知尽头是怎样？
情深似海，玫瑰终将枯萎，
玫红的海草嘲笑着玫瑰。
已故的人是否依然深爱？

爱情是否比坟墓更深?

爱已不再，坟头满是野草，

或者波涛。

一切合而为一，玫瑰与情人，

无论高崖、田野与海洋，

时光的气息不再盘桓，

空气中弥漫着夏日的温香。

此后花朵或情人的悲喜，

不再让季节变得甜蜜，

他们结束了欢喜和心碎，

我们便安睡。

这里，死亡不再降临，

这里，变至尽头才有变化来临。

他们不再从自掘的墓地里升起，

无人留在世间憔悴心伤。

荆棘肆虐，乱石丛生，

阳光雨露恒久流长；

直到最后一股风，

撼动海洋。

直到海面缓缓升起，峭壁崩坏，

直到阳台和草地没入海湾，

直到波涛之力泯灭了高昂的潮头，

田野消减，岩石收缩，

这是他的胜利而万物崩乱，

他躺在亲手造就的弃土之上，

如同神祇将自己献上自家的祭坛，

死神已亡。

我爱的花园

阿尔弗雷德·奥斯汀深爱大自然，但作为诗人算不上杰出，1896年斩获“桂冠诗人”称号，也许只是因为威廉·莫里斯拒绝了这一荣誉而斯温伯恩名声太差。他的散文《我爱的花园》有多个版本，赞颂了他在肯特郡的花园。

花园与人生的经历和朋友的交游息息相关，融入了个人品味、爱好和性格，虽不成文，也足以呈现人生风雨，如同一部自传。让我看看你的花园，看看你亲手打造的花园，我就能说出你是怎样的人。人到中年，花园大半成形，只差最后几笔；不妨像我们一样保持现状，隐入更深的树荫，免于风吹雨打。

按照正统的说法，门前大道不应当穿过花园，而应该从房子北面或其他方向通出去；这样既可免受屋外车马声之扰，又可显得“无人在家”，将人拒之门外而不显冷淡。我们都是普通人，守着自家小小的美景；而你穿过果园而来，走进敞开的前门，穿过餐厅，越过客厅的窗台，望见潮水般的玫瑰花丛，便将我家的花园风光尽收眼底；看看北边，看看南边，房前、草坪网球场、橡树和果园；只是看不到南边的围场和诗人小道，还有老房子后面的小花园用墙围起来了，你也看不见。

草坪上有十七块花床，餐厅与客厅的窗台下也开满了花。不过草坪上的花床并不像观花台或者某些一本正经的花园那样排列得紧密，而是零散在宽敞的草坪上，隔着一段距离却又相互关联；移走任何一片花床，都会破坏整体的平衡与和谐。草坪中央是两块种满了杜鹃花的新月形花床，两道弧形相接成圆；中间隔着一圈草是一片圆形的花床，种满了铁线莲，攀着松枝开得妖娆。

十七片花床中有十二块是长年盛开的花床，春天有球茎的草本植物，夏秋有许多一年生植物、香水玫瑰和成片的紫罗兰。四片紫罗兰花田两两分布在屋前的碎石小道旁，其间的星形花床里种着落叶植物。此外还有五个花床没做什么大用，我常常在此思索过去的说法与文字之间的偏颇之处。春天，这里有郁金香和勿忘我；夏天盛开着天竺葵、红叶苋、白叶矢车菊和藿香，偶尔还有蒲包草和半边莲。

许多花园呈几何对称，处处花团锦簇，我却不喜欢这样的花园，甚至一时想将其从我爱的花园名单里赶出去。后来经历得多了，才觉得那些花园也有可贵之处，正好陪衬我心爱的花园。这里花床遍地，四季常开，花儿高低错落，无须修剪亦井然有序。我喜欢生命力顽强的美人蕉，今年种了几畦，维拉妮卡说看起来很成功，估计再过一个月就更茂盛了，生机勃勃地能一直开到霜降。种着美人蕉的花床是平行四边形，长边十二英尺，短边八英尺，美人蕉种在中央，随意栽培，充分浇灌。外围有几排深红色的百日草，再往外种着杂色玉米，颗粒青白相间。花床边缘低低矮矮地盛放着黄色的小百日草。

美人蕉旁的花床打理得最有条理，飞燕草、夜来香、丝带草（草芦）、草夹竹桃、倒挂金钟、不凋花、蓝色矢车菊、年生无人菊、克拉花、羽扇豆、大丽花、美洲石竹、石竹和木樨草挨挨挤挤，争相斗艳，都想开出一大片。虽不求次序，但与附近齐整低矮的花丛一比，高枝摇曳也不显凌乱。

我不是说过吗，花园里不能只有一种花，就像人类社会一样。如果之前没说清楚，那就容我多说几遍。时至九月底十月初，盛放的花朵渐次枯萎，残存的花儿也许不够明丽，亦足以点亮花田，延续花园的生机、夏日的风情，与秋色相映成辉。

“你尽管吹嘘你家的花田和灌木、多年生和一年生植物、香水玫瑰和芍药，”拉弥亚说，“但得先把菜园子弄好，沿着围墙栽上黄杨树篱，中间一条碎砖石小道，四四方方的花床种满迷迭香、芸香、薰衣草、三色堇、小玫瑰和矮金钟，一个日晷搁在中央，再以失传的文字刻上圣人箴言，还要教孔雀沿着围墙昂首阔步，哄得维拉妮卡同意女仆戴着头巾帽、围着花边围裙从窗户里探出头来，再带上你的菊芋、早熟的草莓和芦笋去遥远的老城，收获多肉、蓝草和香梨，让蜀葵和向日葵在古老的红砖墙下生长，那时我才能相信你的话。”

我答道：“亲爱的拉弥亚，何必揭人伤疤？若不能实现美梦，我至死也无法安息。这是我梦想的花园，我日以继夜，夜以继日，一次次调整花园的规划，结果你猜维拉妮卡怎么说呢？她居然抗议说种土豆、洋葱、莴苣和甘蓝的地块太窄小，抱怨冬天的蔬菜太少，怪我对花园过于铺张。我和她都清楚，想要日晷和孔雀就得再请一个园丁，更勿论另建菜园。”

“胆小鬼！”她嘟囔着，“维拉妮卡简直不像你姐姐，倒像是你妻子，什么都要管。”

“怕她抢走你老公？”我反问道，“别这么说，维拉妮卡是园中好手，菜园、灌木丛和花园里的小径旁都种满了花；待到九月，四处开出向日葵和蜀葵。放日晷的地方就种着你爱佩戴的白色香豌豆，更显得气质高雅；收获了荷包豆，又迎来花菜和胡萝卜。拉弥亚啊，生活总得不断妥协；何况就算得到了一切，人心也未必满足。如今虽然没有孔雀，但我已经很开心了。”

“也罢，不说你了。”她道。

坚持！

1903 年，美国花园作家海伦娜·拉瑟福德·伊利写下《一个女人的花园》，希望富裕的美国女性如英国女士们一般，培养对“花园和温室的兴趣”。

爱花爱草，爱绿色和生长的一切，似乎是世间男女内心的本能，自亚当“修理看守”伊甸园而始，至今代代相承。人们如父辈一般住着狭窄幽暗的小屋，肥皂盒大小的花园连接着安全出口，却依然不改初心，种满了植物，渐渐有了遍及千亩的花园，有了从世界各国搜集而来的植株。夏日时分走上小镇，开车穿过肮脏的街巷直到渡口，或沿着蜿蜒的小路前行，总能见到穷人家的花园。有时只是一两株天竺葵，也有动人的矮牵牛花，更多的时候是一颗挺拔的向日葵，或是一株结着红果的西红柿，诉说着主人对园艺的热爱，诉说着花儿在悉心照料下艰难存活、开花结果。

以园丁的方式，怀着必胜的信念扫平困难，这是园丁特有的热情。如果所有的种子都能茂盛生长，又有什么稀奇？锈病和枯萎病，毛毛虫和金龟子，还有四处肆虐的野草，才使园艺如此令人着迷。醉心花园的人无不一次又一次从失败中吸取教训，重拾耐心、一往无前，直至成功。

愿拥有土地的人们都有自己的花园。无论对于劳心者还是劳力者，园艺都能放松心情，有益身心健康。清晨午后抽出一会儿工

1. Pæonia edulis.— 2. Pæonia albiflora.— 3. Pæonia tenuifolia.
4. Pæonia Hybrida.— 5. Pæonia Russi.

Day & Haghe Lith[rs] to the Queen.

夫，在绿叶间转一转，生活焕然一新，健康得以改善，心情渐渐舒展，你也离自然更近了一步，这便是神的旨意。

愿富有高贵的女士们也能对花园产生兴趣，多花点儿时间打理植物，少一点心浮气躁，也许能远离焦虑抑郁，也许今后就不需要那么多精神疗养院了。

年轻人往往对园艺不感兴趣，既缺乏耐心，也没有足够的毅力坚持下去。人到中年，生命慢慢西沉，大千世界的吸引力渐渐消退，花开花落的园林反倒显得格外亲切。

II.
Prunus Mijrobalanus rotundus.

花园尚未死去

《秘密花园》是一位热忱的美国女园丁写的花园里孩子们的故事。1898年，弗朗西斯·霍奇森·伯内特来到肯特郡罗尔文登附近，拨开厚重的常春藤，走进藏在后面的小门，发现了大梅森庄园的废弃花园。她在那里租住了九年，一点一点地将花园复原，直到1911年重返美国，并把这段经历写进了《秘密花园》。这本书称赞了乐观的力量，而园艺则特别具有治愈力——这本书另一个灵感来源是伯内特大儿子莱昂纳尔的死亡，现实中的主人公并不像书中的柯林那样肺痨痊愈。本段节选中，生气的小姑娘突然发现了这个秘密花园。

多么甜蜜、多么神秘的地方，超出任何人的想象！高墙上爬满了玫瑰枝，没有一片叶子，枝条紧紧缠绕。玛丽·伦诺克斯认出了那是玫瑰，她曾在印度见过许多。正值冬季，园里满地黄草，一丛丛玫瑰枯枝，枝条蔓延宛若小树。花园里还有许多树木，最奇怪也最可爱之处就在于，玫瑰爬遍枝头，长长的藤蔓垂下来，犹如摇曳的轻帘，藤蔓缠绕交结，从一棵树攀爬到另一棵，搭成了可爱的小桥。可惜枝头没有玫瑰，也没有一片叶子，不知是否早已枯萎；只有灰黄的细藤枯枝如烟雾般笼罩，墙上，树上，枯草上，不知从何处垂落，撒了一路。正是树与树之间的雾霭缭绕令一切显得幽深神秘。玛丽早就想过，遗弃已久的花园一定与其他的花园不太一样，不料竟如此不同。

“真安静啊！”她轻声说，“太静了！”

她停了下来，倾听周围的寂静。知更鸟刚飞上树梢，立刻恢复了安静，一如周围的一切，翅膀纹丝不动，只是静立枝头，望着玛丽。

“这么安静，”她又道，“我是十年来唯一在此说话的人吧。”

她轻手轻脚地从门边挪开，仿佛生怕惊动了谁。脚下踩着枯草，悄无声息，她从树木之间一道童话般的灰色拱廊下经过，抬头望着搭成拱廊的枯枝垂蔓。

“都枯死了吗？”她心道，“花园死去了吗？多希望不是。”

如果她是本·韦瑟斯塔夫，就能看出花枝是死是活，可她却只能看到灰灰黄黄的枝蔓，连一颗小芽也找不到。身在这奇妙的花园里，随时都能从春藤下的小门走进来，她很高兴找到了一个属于自己的小天地。

阳光洒进四墙之间，米瑟斯韦特庄园上空一弯高高的蓝天，似乎比原野上更加明媚温柔。知更鸟飞下树梢，蹦蹦跳跳，或跟在她身后，在灌木丛中飞来飞去，又叫又跳，忙忙碌碌的样子好像想要她看些什么。四周的一切奇异而寂静，仿佛远离人烟，她却不觉得孤单。唯一的苦恼就是不知玫瑰花是不是枯死了，也许暖和的时候会重新抽枝长叶，焕发生机。她多希望花园尚未死去，若是生机蓬勃该多好啊，成千上万朵玫瑰开遍花园！

她进门的时候，手臂上挂着跳绳。她四下走了一圈，打算绕着花园跳绳，碰到有意思的东西就停下来看看。花园里草径交错，一两个角落里有常绿植物环绕的凉亭、石凳，有时亭子里还有布满苔藓的花缸。

她跳着来到第二个凉亭，停了下来。这里曾有一片花田，如今似乎有些尖尖的小绿点从黑土地里冒出来。她想起了本·韦瑟斯塔夫的话，忙跪下来察看。

“小点点正在长大，也许会长成番红花、雪花莲或者水仙。”她喃喃自语，俯身凑上去闻着泥土的清香，心里非常欢喜。

“其他地方也许还有，”她道，“我要到处去找找。”

她收起跳绳慢慢地走，眼睛紧盯着大地，走过了老花床和大草地，整个花园都寻了一圈，生怕有所遗漏。果然又找到了许多星星绿点，激动不已。

“花园没死，”她轻声告诉自己，“就算玫瑰枯死了，总有什么活着。”

她不懂园艺，可是看到有些地方草太密，小绿点拼命往外挤，似乎没有足够的空间生长。于是她找来一块尖木头，蹲下身挖土锄草，为小绿点清出了一片空地。

“这样应该就能呼吸了，”她清好一块地，心说，“我要继续努力，把看到的地方都清干净，今天干不完就明天继续来。”

她走来走去，挖挖土，锄锄草，从一片花床走到另一片花床，又走向树下的草地，激动得全身发热，甩开了外套，又摘掉了帽子，不自觉地望着草地与小绿点微笑。

知更鸟更忙碌了，仿佛很高兴看到自己的领土上园艺正在复苏，以前就常常看到本·韦瑟斯塔夫在花园里忙活。花园弄好了，各种美味也会从土里冒出来。眼前不到本一半高的小家伙居然来到了他的花园，开始照料这片土地。

玛丽在花园里一直干到午餐时间，很晚了才想起回家吃饭，赶紧穿上外套，戴上帽子，拿起跳绳往回走，没想到居然忙了两三个小时。真开心啊，清理过的地方无数泛白的小绿点，比捂在杂草里时显得生动多了。

“下午我还要回来，”她环顾着自己的新王国，对着树木和玫瑰丛说话，仿佛它们能听懂。随后，她便轻盈地跑过草地，推开沉重的旧门，从春藤下溜了出去。

园丁之国

艾弗里·迪平熟悉园林历史，是19世纪20年代知名的园林作家，定期在《伦敦晨报》上发表专栏文章。他设计过白金汉郡的契克斯别墅、德文郡的达丁顿庄园和波伊斯郡的格雷诺格庄园，还曾担任《乡村生活》的建筑编辑，将这本讲打猎的周刊转变成了关于英国历史建筑和园林的重要刊物。1933年出版的《今日花园》一书认为，园艺师须兼具“艺术与工艺”能力，这有助于越来越多的乡村园艺爱好者打理有限的土地。

花园式样繁多，既有规整的几何花园，也有以自然风光为主的天然园林。我们做规划的时候，往往以其中一种或两种类型的园林体系为基础，根据地貌的整体和局部特点，打造自己的花园。当代伊甸园驰骋于无尽的想象，亦不受工具设施的限制，唯独大小有限、钱包不丰而已。

很少有人能雇得起一支十几人的园丁团队专职打理自家的花园，这本书也不适合那些人。本书主要面向朴实的素人园丁，在自己小小的花园里尽享园艺之乐。

英国可谓园丁之国，热爱园艺者浩如军团。园艺自第一次世界大战之前就开始盛行，历经战争而不衰，和平时代尤为兴盛，逐渐取代了打猎之类古老奢侈的消遣，成了小镇上班族常见的业余爱好，即使所谓的花园不过是乡间寓所旁小小的一块地。如今举国热

衷园艺，不仅喜爱专业打造的经典园林，许多人还不畏辛劳，亲自打理小花园。

热爱园艺是我们民族的血脉，也许偶尔会厌倦，但总是很快复苏，日渐繁茂。我们满怀热望地看着草长花开，比过去任何时代更加狂热。三个世纪之前，药剂师帕金森就曾被这种激情点燃，在长亩街的花园里纵情栽培“各种美丽的花”，把新开的郁金香称作“愉悦的荣光”，是如今无数素人园丁真正的鼻祖。

上帝也想有个鼻子

许多人误以为20世纪作家不爱写花草的神性，殊不知善写感官体验的诗人与小说家D. H. 劳伦斯就曾以戏谑方式写下了《红色的天竺葵与上帝的木樨草》，诗中对伊甸园的赞誉与杰拉德和帕金森不相上下。

谁人不爱红色的天竺葵！

天竺葵的红不算什么，

只是感觉，

仿佛一切感觉都发生在

器官产生之前。

若天竺葵不红，木樨草不香，

连上帝也无法想象

天竺葵的红，

木樨草的香。

那么香，

连上帝也想
有个鼻子闻一闻。
何人曾见圣灵轻嗅
樱桃饼香味的青莲。
或者在煤炭生成的古代，
上神若有脑瓜，
也要绞尽脑汁，费尽心思，
在苔藓和埋葬蜥蜴、乳齿象的泥土中，
思虑，
凭空思虑，
直到泥土湿润泛绿：
“才有巴—拉—拉，巴—拉—拉，
说变就变！红色的天竺葵花！”
怎会如此简单。
泥土和乳齿象之间，
上帝叹息着渴望，

深绿中的造物之渴望，

赋予美景，美景终于盛放，

红色的天竺葵，还有木樨草的香。

沉浸自我的花园

文人雅士喜爱在花园中读读写写。我为本选集挑选篇章时，就坐在自家花园的凉亭下，想起许多有同样爱好的作家们。以下三段文字无不融合了文学与花园：第一段取自威廉·柯珀的书信，第二段选自埃德蒙·戈斯的《书房漫谈》，最后一段来自福布斯·西弗金的园艺集《花园赞歌》。

花园一角是我日常创作的书闺；那是一个不大的凉亭，不及轿子一般大；门口向着花园，园里开满了石竹、玫瑰和忍冬，凉亭的窗户正对着邻居家的果园。这里曾经是吸烟室，如今却有了更加崇高的使命。

威廉·柯珀，《致希尔先生的信》，*1795* 年

已故的爱德华·索利先生对书籍充满了虔诚与敬畏，我曾学他的式样制作自己的藏书票。听闻他热爱花园，渴望自然界的音响，在花园里建了个书房。图书按照次序码得整整齐齐，玫瑰花枝轻叩窗台，庞大的日本花瓶里插着鲜花，馥郁的清香折磨着昆虫的嗅觉。蜜蜂贴着窗户轻嗅，随后嗡嗡地愤然飞走，徒留一片静谧。克里斯蒂安·门采尔也曾在与世隔绝的花园书房里工作，倾听雄书虫拍动翅膀的声音，就像雄鸡啼叫吸引配偶。门采尔也不得不承认，其他地方听不到这“声音的阴影”。多好的书房啊，我常常美梦连

绵，梦里仿佛拥有一个花园中的书房，就是人类全部的幸福——“花园里的书房”！就像西班牙的城堡、阿卡狄亚的牧羊场，仅仅梦想一番都是记者们抨击的“极致享乐”。

埃德蒙·戈斯，《书房漫谈》，*1892* 年

“花园是身心沉浸之处；除了花园，还能在哪里沉浸于白日梦中？我的梦想就是拥有一个花园里的书房！最好位于花园中央，远离屋舍，附近小径交错，葡萄藤和玫瑰枝蔓生。如蒙田的书房，八边形的书塔从玫瑰丛中升起，洒下芬芳的阴凉。又如普林尼的别墅书屋，雕刻精美的柱石支撑着宽敞的书廊，随着阳光的变幻，花影悄然爬近。最后，还可以透过圆拱形的玻璃屋顶，欣赏云起云飞、月夜星辰……我和朋友们将在书香的花园中，度过多彩的白昼和阴沉的夜晚，不易遗忘，只因半睡半醒间美梦绵延。”

福布斯·西弗金，《花园赞歌》，*1899* 年

结语：蕨洞

T. E. 布朗毕业于牛津大学奥里尔学院，是一名杰出的中学校长、多产诗人，他深爱马恩语（他在马恩岛长大），才智惊人。《我的花园》选自1893年的《老约翰及其他诗歌》。

我的花园真可爱，上帝都知晓！

玫瑰小道，

树影池塘，

蕨满岩洞——

四周一派安宁：只有傻子心想

上帝不在——

上帝不在！不在花园！任夜色如此清凉？

不，我看到：

上帝走进我的花园。

Pl.15.
6
2
4
7
1
3

译后记

中国文人跋山涉水，追寻雅致的自然风光，叩问天人合一的哲理境界；而欧洲学者更喜欢将天然山水搬进小家，构建出一个个风格各异的花园，成为人与自然沟通的特殊渠道，甚至与西方宗教信仰结合起来，构成了独特的生活态度与理解自然的方式。西方人对于花园的偏好目前尚不为中国读者所熟悉，也给这本文集的翻译带来了许多意料之外的困难。

本文集以花园之美和园艺之乐为主题，收集了许多名家所作的精美散文与诗歌。编者是英国学者，再加上英国人对于花园的狂热执着，因此选篇以英国作家的作品为主，兼收少量中日法国译作以及古希腊罗马时期的作品。选文风格多样，有《人间天堂》、《心之骄傲》等值得诵读的美文，有《静美丁香》、《玫瑰与情人》等充满英诗情趣的抒情诗行，有《甜美的花园》、《作庭记》等描述园艺的营造之书，也有《农艺大师》、《上帝也想有个鼻子》等戏谑之作，全面反映了英国人复杂的花园情怀。翻译尽量遵循原文的风格，或优雅或忧伤，或语言平实朴素，或诗意跳跃激昂。

我与颜益鸣共同翻译这本书的过程颇费周折。我们先各自译出完整的初稿，再逐篇融合校对。颜益鸣文字优美，颇多诗性跳跃；而我则力争译文准确、音律和谐。翻译之时，颜益鸣一直在非洲卢旺达从事翻译工作，生活事业之艰难无以言表，通信并不畅通，甚至一度失联，唯有对美的追求使她在困境之中苦苦支撑，回想不甚唏嘘。我们在翻译过程中也参考了许多之前的译文。赫伯特的诗歌《花》参考了好友吴虹的译文，但我试图把诗中的宗教内容表达得更含蓄些，在特定条件下采取了去宗教化的翻译策略。马韦尔的诗歌《花园》参考了杨周翰的译作，伏尔泰的《老实人》参考了傅雷的译文，但与老的译作相比改动都比较大，不仅因为当前使用的汉语词汇和语法与那时大不相同，而且今人对西方文学的理解也更加丰富、更加自信了。

刘云雁

图书在版编目（CIP）数据

花园的欢沁：经典文学选集 /（英）克里斯汀娜·哈德曼特（Christina Hardyment）编；刘云雁，颜益鸣译．—南京：译林出版社，2021.6

书名原文：Pleasures of the Garden

ISBN 978-7-5447-8595-2

Ⅰ.①花… Ⅱ.①克… ②刘… ③颜… Ⅲ.①世界文学－作品综合集 Ⅳ.①I11

中国版本图书馆 CIP 数据核字（2021）第 033916 号

著作权合同登记号　图字：10-2016-438 号

花园的欢沁：经典文学选集　［英国］克里斯汀娜·哈德曼特／编　刘云雁　颜益鸣／译

责任编辑　刘　静
装帧设计　薛顾璨
校　　对　蒋　燕
责任印制　单　莉

原文出版　The British Library, 2014
出版发行　译林出版社
地　　址　南京市湖南路 1 号 A 楼
邮　　箱　yilin@yilin.com
网　　址　www.yilin.com
市场热线　025-86633278
排　　版　南京展望文化发展有限公司
印　　刷　合肥精艺印刷有限公司
开　　本　718 毫米 × 1000 毫米　1/16
印　　张　17.75
插　　页　4
版　　次　2021 年 6 月第 1 版
印　　次　2021 年 6 月第 1 次印刷
书　　号　ISBN 978-7-5447-8595-2
定　　价　78.00 元